めかくし鬼さん　手のなる方へ
すましたお耳に　かすかにしみた
よんでる口笛　もずの声
ちいさい秋　ちいさい秋　ちいさい秋　みつけた

——「ちいさい秋みつけた」より

トレードマークの「お椀シャッポ」姿のサトウハチロー

サトウハチロー詩集

ハルキ文庫

角川春樹事務所

サトウハチロー詩集

目次

母の思い出

ちいさい母のうた　11
おかあさんの匂い　15
秋風に母の声がある　16
母となる日をかぞえつつ　17
鏡をみてもちっとも似ていない　18
母の手は　19
母という字を書いてごらんなさい　19
一番苦手なのは　20
妹が生れて　21
そッとはいってきて　22
かあさんのひざは　24
金魚がぼやけてゆれました　25
おかあさんのうた　26
三年もむかし　27
坊やよ坊やよよくごらん　28
しょうがやみょうがはきらいだよ　30
ママにもらったトランプ　32
母に教わったおよぎです　33
お前の誕生日がくる度に　34
おふくろちゃぶくろ　35
たったひとつの　36
母に捧げる詩　38
ふえた白髪も　40
ソファーに　42
泣きだすと　43
母がひきよせる　44
つッかけるのと　46

ドライジンの　47
立小便をしたら　48
生卵は　49
むすめが大きくなって　50
母といさかいをしたあと　51

粋をたずねて

かすかな痛みに　55
コンパクト　56
六区の雨　59
毒婦　60
早く芽を出せ　62
粉雪　64
ひとりかね　気になるね　66
つらい夜　67
トランプ　69
ハンカチーフの唄　70
人形芝居《マリオネット》　72
泣くもの　75
すごいのね・怖れるね　76
やけ酒　78
二重唱《デュエット》　81
悲しい謎　82

こころの詩

かくまき　87
爪色の雨（一・二・三）　88
虹がうすれて行く時は……　90

古いホテル 92
胡桃 93
日向の雪 95
涼みながら 96
想ひの五月 97
フローラ　ビアトリス　ゴンザレス 98
悲しくてやりきれない 100
モズが枯木で 101
船はまだかよ 102
秋風の中で歌う 104
美しきためいき 105
おかめひょっとこ 108
むかしはどこにも匂いがあった 109
駄菓子のノスタルヂア 111
叱られ坊主 114
ちょびっとちょびっと春がきた 117
雨ですこっそり降ってます 118
五月の雨 119
秋とボク 122
郷愁 123
秋に唄う 125
春を待つボク 127
象のシワ 129
むつごろう 131
その子は赤チンが好きでした 133
クリスマスまでは―― 135
たっけだっけの歌 136
通いのい、い、そうろう 138
みみずばれの唄 139
そぼくな恋 141

なんでも匂いをかぐんです 142
ちいさい秋みつけた 144
妹とボクと雪 146
わたしのうた 147
自画像 148
わびしくなると…… 150
知らないところで…… 151
泣きたくなるのはいいことだ 153
日めくりのカレンダー 154
両手をくみあわせて…… 156
美しく自分を染めあげて下さい 157
ムリすんなよ 160
それでいて誰よりも 161
わたしは歌に思い出をたどる 162

わらべ唄

谷の子熊 167
いたいいたいウタ 168
だから夕方はさみしいのだ 170
めんこい仔馬 171
秋の子 174
いつでもどきどきしてるんだ 175
夕方のおかあさん 176
うれしいひなまつり 178
べこの子うしの子 179
とんとんともだち 181
お月さんと坊や 182
もんしろ蝶々のゆうびんやさん 183

わらいかわせみに話すなよ 185
エンゼルはいつでも 186

流行り唄

リンゴの唄 191
長崎の鐘 194
小雨の丘 195
胸の振子 197
うちの女房にゃ髭がある 199
古き花園 200
いとしあの星 203
麗人の歌 204
浅草の唄 206
もしも月給が上ったら 208

解説・こわせ・たまみ
庶民性の中に詩心を燃やして 213
エッセイ・なかにし礼
あまりに個人的な私のサトウハチロー 219
略年譜 227
参考文献 237

カバー・本文イラスト 長田恵子

母の思い出

ちいさい母のうた

ちいさい　ちいさい人でした
ほんとに　ちいさい母でした
それより　ちいさいボクでした
おっぱいのんでる　ボクでした
　かいぐり　かいぐり　とっとのめ
　おつむてんてん　いないないバア

きれいな声の人でした
よく歌をうたう　母でした
まねしてうたう　ボクでした
片言《かたこと》まじりの　ボクでした
　ああ　アニィローリー　マイボニィ
　それから　ねんねんようおころりよう

羊《ひつじ》によくにた人でした
やさしい目をした　母でした
ころころこぶたのボクでした
おはなをならす　ボクでした
　すぐにおぼえた　午後三時
　おちょうだいする　くいしんぼう

毎晩《まいばん》祈《いの》る人でした
静かに　つぶやく母でした
寝《ね》たふりしているボクでした
なんだか悲しい　ボクでした
　春はうるんだ　お月さま
　秋は　まばたきしてる星

影絵《かげえ》を切りぬく人でした
うつしてみせる母でした
お手手をたたくボクでした

何度も　せがむボクでした
　外はこまかい　粉の雪
　影絵のきそうな白い路《みち》

夜《よ》なべをしている人でした
よくつぎをあててる母でした
ときどきのぞく　ボクでした
よくにらまれる　ボクでした
　こおろぎ　みみずく　甘酒屋《あまざけや》
遠い　チャルメラ　おいなりさーん

話のじょうずな人でした
たくさん知ってる母でした
ソエカヤ？　というボクでした
なかなか寝ない　ボクでした
　エクトロ・マロー　アンデルセン
かちかち山に　かぐや姫《ひめ》

ああ
思い出の中
その中で
こっちをむいている　ちいさい人
ちいさい母
ああ　思い出の中
その中で
なお　甘《あま》えている　ちいさいボク
ちいさいボク
ちいさい
ちいさい
むかしの
むかしの
むかしのボク

ちいさい…………ボク

ちいさい…………むかしのボク

おかあさんの匂い

おかあさんの匂《にお》いは　どんな　どんな匂い
――朝はかまどの　けむりの匂い
昼はおべんとの　おかずの匂い
晩にはかすかな　おふろの匂い
おかあさんの匂いは　どんな　どんな匂い
――春はうれしい　ちょうじの匂い
秋はやさしい　もくせいの匂い
冬はひなたの　ふとんの匂い

おかあさんの匂いは　どんな　どんな匂い
――ひざにだかれりゃ　くず湯《ゆ》の匂い
おはなしなされば　おも湯の匂い
うたをうたえば　レモンの匂い

おかあさんの匂いは　どんな　どんな匂い
――ねえさんかいもうとに　よくにた匂い
おまどに　いろりに　ただよう匂い
わかった　わたしの　おうちの匂い

秋風に母の声がある

秋風に　母の声がある
秋のひざしの中に　母の目がある

秋の雨に　母のつぶやきがある
秋の窓《まど》に　母の影がある
わたしは
秋の中に　母の姿《すがた》を描く

母となる日をかぞえつつ

母となる日をかぞえつつ
思いめぐらす胸《むね》のうち
坊《ぼう》やはどんな顔かしら
青空みるのが好きかしら
坊やはどんな声かしら
夜泣《よな》きするのじゃないかしら

坊やのために母さんは
上手《じょうず》になりましょ子守唄《こもりうた》
母となる日をかぞえつつ
思いめぐらす胸のうち

鏡をみてもちっとも似ていない

鏡をみても　ちっとも似《に》ていない
顔形も目も鼻も口も……
それなのに後姿《うしろすがた》は
母にそっくりだという
半分さみしく　半分うれしい
わたしの後姿に　母がいる
　　　　　　　　母がいる

母の手は

母の手は
二人の子供《こども》の肩《かた》をなぜるためにあった
一人が消え去り
肩をなぜる回数はへった
その代《かわ》り母の手に
シワがふえて行った
　ふえて行った

母という字を書いてごらんなさい

母という字を書いてごらんなさい

やさしいように見えて　むづかしい字です
恰好《かっこう》のとれない字です
やせすぎたり　太りすぎたり　ゆがんだり
泣きくづれたり……笑《わら》ってしまったり
お母《かあ》さんにはないしょですが　ほんとうです

一番苦手なのは

一番苦手《にがて》なのは
　おふくろの涙《なみだ》です
何にもいわずに
　こっちを見ている
　　　　涙です

その涙に
灯《あか》りが
ゆれたりしていると

そうして
灯りが
だんだんふくらんでくると……
……これが一番苦手です

妹が生れて

妹が生《うま》れて
母の子守唄を妹にとられてしまった晩
ボクは奥《おく》の部屋からもれてくる

子守唄のおすそわけでねんねした
それがさみしさを知った
一番はじめかも知れません

そッとはいってきて

そッとはいってきて
じッと顔をみたわたしのサンタクロース
プレゼントを枕《まくら》もとにおくと
夜着のすそをなんどもたたいた
わたしのサンタクロース
ヒゲのないわたしのサンタクロース

かあさんのひざは

かあさんのひざは　そのひざは
かまどのけむり　なべのうた
ドーナッ　たいやき　カルメヤキ
坊やのなみだも　しみている

かあさんのひざは　そのひざは
ゆりかご　もくば　くさのおか
まくらにかわれば　なつかしい
ねんねのうたまで　ついている

金魚がぼやけてゆれました

金魚がぼやけてゆれました
叱《しか》られて
池をみているわたしです

金魚が沈《しず》んで消えました
いつのまにか
かァさんの顔になりました

うしろから
のぞいて泣いてる母でした

おかあさんのうた

お昼のかあさん　なぜおちつかぬ
どこかの井戸水《いどみず》　飲みゃせぬだろうか
くねくね小路《こうじ》に　入りはせぬか
知らない町まで　いきゃせぬだろか
迷い子《まいご》で　しくしく　べそかきゃせぬか

日暮《ひぐれ》のかあさん　なになにしてる
うら木戸《きど》あけたり　押したり出たり
かすかな人影　すかしてみたり
どろぼうやんまに　おじぎをしたり
こうもり　羽虫《はむし》に　たのんでみたり

夜中のかあさん　なに続けてる
お熱《ねつ》はないかと　ひたいをおさえ

あんよのうらにも　手のひらあてた
そい寝の時には　右手のうちわ
寝息をたてても　動きはやめぬ

三年もむかし

三年もむかし
五年もむかし
十年もやっぱりむかしです
それよりも　もっともっと昔
かあさんが若《わか》くてボクが赤坊《あかんぼう》だった昔
ボクは　それが知りたいのです
かあさんが
どんな風《ふう》にあやしていたか

ボクがどんな泣きじゃくりをして
おっぱいをさぐったか

むかしというものは　どうしてこんなに
かなしくぼやけるものなのでしょう

坊やよ坊やよよくごらん

どこかで誰《だれ》かが　口笛《くちぶえ》吹いた
つばめが　柳《やなぎ》を　くぐってとんだ
――坊やよ坊やよ　よくごらん
春はむかしと　同じだよ
ママがおんぶで　いた時と
そっくりそっくり　同じだよ……

ひばりが鳴くのも　もうすぐらしい
どこかで誰かが　ゴムマリ投げた
野原のかげろう　はずんでゆれた
——坊やよ坊やよ　よくごらん
　春はむかしと　同じだよ
　ママがあまえて　いた時と
　やっぱりやっぱり　同じだよ……
いちごのちいさい　お顔をみよか

どこかで誰かが　水車をみてた
青空うつして　しぶきがはねた
——坊やよ坊やよ　よくごらん
　春はむかしと　同じだよ
　ママがだっこで　いた時と
　すっかりすっかり　同じだよ……
目高《めだか》の行列　のぞきに行こう

しょうがやみょうがはきらいだよ

しょうがや　みょうがは　きらいだよ
おかしな匂いが　するんだもん

こんにゃく　おとうふ　きらいだよ
ふかふか　ぷりぷり　するんだもん

卵《たまご》が一番好きなんだ
いりたまご　うでたまご　めだまやき
おかあさんの匂いがするんだもん
おかあさんがつくってくれるんだもん
ほんとだよ

ママにもらったトランプ

ママにもらった
トランプの
ダイヤの六は
折《お》れました

だれのおいたか
スペードの
ジャックはあごひげ
つけてます

クラブのクインは
さみしそう
ママとおんなじ
泣きぼくろ

とんがりシャッポの
ジョッカーは
自転車でどこかへ
行きました

母に教わったおよぎです

母に教わったおよぎです
母は美《うつ》くしい平およぎ
およぎながら
うしろのボクを　何度も　何度も
ふりかえるのです

夏
海でボクは　いまひとりでおよぎます
それなのに　どういうわけか
何度も　いくども　ふりむくのです

お前の誕生日がくる度に

お前の誕生日《たんじょうび》がくる度《たび》に
わたしは大きな溜息《ためいき》といっしょに
「なぜ　こんな子を生んだのかしら」
と　つぶやく

それなのに　わたしは
御馳走《ごちそう》をこしらえたり

お菓子《かし》を買ってきたり
お客さまと　いっしょに
バースデーの唄をうたったり……
――親子って　どうしてこんなものなのかしら

おふくろちゃぶくろ

おふくろ　ちゃぶくろ　づたぶくろ
やぶける　やぶける　紙ぶくろ
てなことつぶやき　べロだした
ママさん　かあさん　おかあさま
わが母　母上《ははうえ》　母者人《ははじゃびと》
てなことというのは　大《おお》てれだ
いつもと同じで　行くとしょう

たったひとつの

たったひとつの　部屋だから
にらめあったり　笑ったり
たったひとりの　母だから
つんつんしたり　おこったり
　いくつも部屋が　あったなら
こんな具合にゃ　いきゃしない
たったひとりの　母だから
やっぱり大事《だいじ》に　大切《たいせつ》に……
――あとは　いうのは　やめとこう
　たったひとりと　いばるから

たったひとつの　部屋だから
うれしがったり　にらんだり
たったひとりの　母だから

ぷんぷんしたり　ねだったり
いくつも部屋が　あったなら
こんな具合にゃ　いきゃしない
たったひとりの　母だから
やっぱり大事に　大切に……
——あとは　いうのは　やめとこう
たったひとりと　いばるから

たったひとつの　部屋だから
いやになったり　つついたり
たったひとりの　母だから
しょんぼりしたり　めそったり
いくつも部屋が　あったなら
こんな具合にゃ　いきゃしない
たったひとりの　母だから
やっぱり大事に　大切に……
——あとは　いうのは　やめとこう

たったひとりと　いばるから

母に捧げる詩

わたしが唄う
子守唄のふしは
母がわたしに唄ってくれた
子守唄のふしです
――わたしばかりではありません
誰方《どなた》でも同じだと思います

わたしがうで卵を
細い細い糸で丸《まる》く輪の形に切るのは
母が教えてくれたものです

——どなたにもこういうものが
　形となって残っています

わたしがうれしい時に
ひとりごとをいうのは
母のくせがうつったのです
——これも　どなたにも
　大なり小なり　うつっています

わたしは
母からゆずられたものを
みんなみんな　大事にしています
——そうして　それが出る度に
　遠い遠い　遠い日のように
　母の名をよんで　さみしく甘えます

ふえた白髪も

ふえた白髪《しらが》も
たるんだのども
お前のはふしぎに
美しさをましたね
――これは父の声……
手におえないのがいますからね
――母の小声の答え……
となりの部屋で首をすくめて
舌《した》をだしたのは誰だか　おわかりでしょう

ソファーに

ソファーに
ふんぞりかえっているんです
おふくろなんです

しんぶん
お茶
タバコっていばるんです

そのあと肩を落として
おとうさんはこうだったねと
泪《なみだ》ぐんだりするんです

こんな時
時計の音が

いやに胸にしみこむんです

泣きだすと

泣きだすと
泣きやまない
——こっちが泣きたくなる子でした
夜と昼とを
とりちがえて
——こっちが寝不足になりました
おてんきがきらいで
雨がすき

――こっちがあきれてしまいました

いつのまにか
このおかしなくせが
なくなってしまったのです
ほっとなすったでしょうって?!
とんでもない
なんだかつまらなくなったのです

母がひきよせる

母がひきよせる
ボクは声をあげる
シャボンが頭へくる

ボクは顔をしかめる
「泡《あわ》が茶色だよ」
「ちがわい」
「見てごらん」
「目にしみるから　やだい」
ボクはもがく
シャボンでコツン
お湯がザブリ
ここでうす目を開く
母の足首が見える
弱々しい細いシワがいっぱい
その瞬間《しゅんかん》だけ　ボクは
だまって　おとなしく首をさげる

つッかけるのと

つッかけるのと
ぬぎッぱなし
……母はよくおこりました
つッかけるのは下駄《げた》
ぬぎッぱなしは　シャツとズボン
つッかける下駄は
いつでも母のもの
ぬぎッぱなしをたたむのは
いつも母
「わたしが死んだら
　つッかける下駄も
　たたむ人もないんだよ」
おこりながらも目をほそくして
　　　　　　　　　　ほそくして……

ドライジンの

ドライジンの
ラッパのみ
からだによく無《ね》えのは
よっく　とっく　ごぞんじだ

のどにしみこむ
松《まつ》ヤニの匂い
こいつに
おふくろの味がある

おふくろの味があるから
なおのむんだ
ラッパでやっつけると
ぐーんとくるんだ

てなこと　ほざいたら
ジンの野郎《やろう》がむせさせやがった
むせりゃ　やっぱり
泪ときた

立小便をしたら

立小便をしたら
松の匂いがした
むかし　むかし
おふくろと
散歩の途中《とちゅう》

こんな匂いをかいだことがあった
あたりをみまわした
おふくろなんかいる筈《はず》はない
小便だけが光ってる
急につまらなくなった

生卵は

生卵《なまたまご》は
のどがいがらっぽくなるからいや
うで卵は
おならくさい
こんなことをいって

卵をひとつもたべなかった母
わたしが母の命日《めいにち》に
沢山《たくさん》卵をそなえるのは
そのウソに頭を下げたいからなのです

むすめが大きくなって

むすめが大きくなって
もみ
にれ
ひいらぎ
ネムなどがふえ
まつ

もち
つつぢ
いちょうなどが庭《にわ》から消えました
しかたがありません
これが時代なのです
庭のかたすみにしゃがみこみ
はこべをなぜて　つぶやきます
——お前だけ　お前だけは
むかしと　おんなじだね

母といさかいをしたあと

母といさかいをしたあと

紙に大きく母の名を書き
もんで丸めて　くづかごへすてた

むしゃくしゃ腹《ばら》が　おさまらず
くづかごをけとばしたら
丸めた紙が　ころげでた

とたんに右手が　ぐいとのび
ひろいあげたら　泣けてきた
ひろいあげたら　泣けてきた

粋をたずねて

かすかな痛みに

春のあしたの
つれづれに
手かがみたてる
れんじ窓《まど》

かみそりあてる
えりもとに
ぽつちりにじんだ
赤いすぢ

ふところ紙で
おさへても
あとからあとから
なほにじむ

もしこんなとき
あの人が
ゐたならやさしく
手をかけて

かすかな痛《いた》みに
しみるほど
くちびるあてゝ
くれように

コンパクト

夕焼小焼の散歩道

いきな男が向《むか》ふから
あわてゝそれます　横町へ
ちよいと　とりだす　コムパクト

恋《こひ》の四つ辻《つぢ》　右左《みぎひだ》り
止まれの信号《しるし》に　気がついて
わづかなひまも　無駄《むだ》にせず
ちよいと　とりだす　コムパクト

神宮外苑《じんぐうぐわいゑん》　野球場
こゝろも踊《をど》る　早慶《さうけい》戦
見せに来たのか　見に来たか
ちよいと　とりだす　コムパクト

六区の雨

浅草《あさくさ》六区の　池のふち
なみだをためた宵灯《よひあか》り

つばめに聞いたら　その人は
ちよつぴり泣《な》いて　ゐたさうな

傘《かさ》をまはしてしよんぼりと
どんな人をば　待つのやら

なぜに泣くやら　嘆《な》げくやら
朱塗《しゆぬり》の足駄《あしだ》に　雨が降《ふ》る

しめつた音《ね》色《いろ》の　サキソフオーン
やめて　おくれよ　その節《ふし》を

六区の池に　降る雨は
やるせないよな　銀《ぎん》ねずみ

毒婦

花なら　ぼたんか
阿片《あへん》の　芥子《けし》か
いっそ　凄《すご》みに
鬼《おに》あざみ

色なら　むらさき
あづきのぼかし
ぐつと　浅黄《あさぎ》に

いきごのみ

酒なら　あつかん
しみゆく　のどに
こゝろ　たゞらす
やゝなぎかけ

雨なら　夕立
ぬれよとまゝよ
あとはさらりと
すまし顔

早く芽を出せ

こんなにお金が　ないのでは
惚《ほ》れ手《て》はひとりも　ありません
サラリーあがる　見込《みこ》みなし
どこぞでお金が　ひろひたい
　早く芽を出せ　このぼくよ
出さぬと鋏《はさみ》で　チョンぎるぞ

こんなに変な　つらつきぢや
惚れ手はひとりも　ありません
美顔術《びがんじゆつ》など　見込みなし
なんとか生《うま》れ　かはりたい
　早く芽を出せ　このぼくよ
出さぬと鋏で　チョンぎるぞ

こんなに心が　弱くては
惚れ手はひとりも　ありません
口で言へずに　たゞなやむ
ほんとに彼女《かのぢょ》に　うちあけたい
　早く芽を出せ　このぼくよ
出さぬと鋏で　チョンぎるぞ

こんなに時代に　おくれては
惚れ手はひとりも　ありません
ペーブメントで　ヂヤズソング
シークボーイと　言はれたい
　早く芽を出せ　このぼくよ
出さぬと鋏で　チョンぎるぞ

粉雪

お使ひがへりの
露路口《ろぢぐち》で
袖《そで》にかかつた
こな雪を
さらりはらつて
ふと思ふ

ほんにあたしも
このやうに
ほれて　すがつて
はらはれて
とけて泣くのぢや
ないかしら

ひとりかね　気になるね

夕立に
雨戸《あまど》をしめた
あだすがた
　——ひとりかね　気になるね

風が出て
なほなほはげしい
雨しぶき
　——ひとりかね　気になるね

ゆられつゝ
ぐつしより濡《ぬ》れた
つりしのぶ
　——ひとりかね　気になるね

夕立が
やんだよ　雨戸を
あけないね
　──ひとりかね　気になるね

つらい夜

待つ身のつらさに
爪《つめ》を切りや
切れない鋏が気にかかる

あまり静かな
部屋故《ゆゑ》に

爪切る音が胸《むね》にしむ

これで三日も
待ちほうけ
風が雨戸をたたくだけ

夜に爪切りや
気狂《きちが》ひに
なるとかいつぞや聞いたげな

こんなにもだえて
つらいなら
真実《しんじつ》くるつてしまひたい

トランプ

あまり逢《あ》へない
かなしさに
トランプまさぐる部屋の隅《すみ》

お金に縁《えん》が
ない故に
ダイヤの出ぬのは道理でも

スペードばかりで
いちまいの
ハートも出ないやるせなさ

おまけに好きな
あの人に

よく似《に》たクラブの兵隊が
どこぞへ行つたか
梨《なし》つぶて
呼《よ》べど答へぬくもかくれ

ひとりで占《うらな》ふ
トランプの
えゝ　にくらしいあてこすり

ハンカチーフの唄

胸に小《こ》粋《いき》にのぞかせた
シルクのハンケチすまし顔

なぶるつもりか　はる風が
ちょいとゆすつて　すぎて行《ゆ》く

古風とは言へ　汽車の窓
ふるハンケチのなつかしさ
プラットフォームぢや　ハンケチを
目にあて肩《かた》ですゝり泣き

ちひさい可愛《かはい》いハンケチを
八つに折《を》つたり　四つだたみ
いとしいむすめの胸のうへ
口に出せない　もの想《おも》ひ

口惜《くや》しいあまりに　ハンケチを
じつとくわへた　糸切歯《いときりば》
泣くんぢやないよと　ハンケチで
やさしくぬぐふ　白い頬《ほゝ》

口紅《くちべに》の跡《あと》　うつすりと
はでなハンケチなよなよと
サイクラメンの薄《うす》がほり
おもひだします　あの人を

人形《マリオネット》芝居

——悲しきは身も世もなき
マリオネットなり——

わたしやお前の　あやつり人形
寝《ね》せて起こして　又《また》寝かし
立てて坐《すは》らせ　歩かせて
自由自在《じいうじざい》に　こなされる

——糸につられてゐる身では
泣きも泣かれずトンポロロン

わたしやお前の　あやつり人形
どんなにわたしが　泣いたとて
どんなにわたしが　すねたとて
お前はいつも　知らぬ顔
——糸につられてゐる身では
泣きも泣かれずトンポロロン

わたしやお前の　あやつり人形
恋故《こひゆゑ》かなしい　この身ぶり
お前の唄《うた》ふ　ひと節《ふし》は
胸にしみつく　ラッパ節《ぶし》
——糸につられてゐる身では
泣きも泣かれずトンポロロン

泣くもの

雨はしづかに
軒《のき》に泣く
小鳩《こばと》はククと
のどで泣く

夕べの鐘《かね》は
空に泣く
川のやなぎは
水に泣く

窓のよろひ扉《ど》
しのび泣く
つたはからんで
ぬれて泣く

鹿《か》の子《こ》の帯《おび》は
しぼり泣く
行灯《あんど》のあかりは
すゝり泣く

背戸《せど》の蛙《かへる》は
コロと泣く
わたしは夜通し
むせび泣く

すごいのね・怖れるね

思ひつめたら　どこまでも

何と言はうと押《お》しが一
　すごいのね　おそれるね
恋の蛇《へび》だよ　ぐるぐると
二《ふ》た巻《まき》　三《み》巻《ま》き　七八《なゝや》巻《まき》
　すごいのね　おそれるね
腕《うで》の入《い》れ墨《ずみ》　なんのその
わたしや心に　焼き印《じる》し
　すごいのね　おそれるね
花なら燃《も》えた　紅《べに》ぼたん
鳥なら火の鳥　こがれ鳥
　すごいのね　おそれるね
男が死ぬのは　国のため
女が死ぬのは　恋のため

すごいのね　おそれるね

やけ酒

にくい　くやしい
なさけない
せめて　やけ酒《ざけ》
ひとあおり
涙《なみだ》といっしょに
のみほして
からりと　みんな
忘《わす》れたい

まづくて　からくて
ほろにがい
好きで　のむんぢや
ないものねえ

深酒《ふかざけ》およしと
とめたひと
いまじや　このさま
茶《ちゃ》碗《わん》酒《ざけ》

つらい　酔《よ》ひたい
泣き伏《ふ》したい
身も世もないほど
くづれたい

二重唱《デュエット》

手と手と重なる
木《こ》かげ道
影《かげ》がもつれる
月の道

目と目とかはす
合ひ言葉
たがひに言はねど
知りすぎて

思ひはおなじ
恋ごゝろ
ゆれて呼吸《いき》づく
肩と肩

なにをさがすか
二人づれ
憎《に》くや　今宵《こよひ》は
十三夜

悲しい謎

秋がきたよと
あのひとからの
うれしいうれしい
文《ふみ》だより

窓のコスモス青い空

からりと晴れた胸のうち
いくどもいくども読みかへす
秋がきたよの文だより

ふいにふかりと胸に浮《う》く
うたがひの雲まよひ雲
男ごゝろと秋の空
よくよくよめばこの文も

あきがきたよと
わたしに知らす
かなしい謎《なぞ》じや
ないかしら

こころの詩

かくまき

……かくまきは毛布のこと
雪国の女の人がマントのやうに着る……

古びたる
茶色のかくまきのなつかしや
そのたれさがりし房《ふさ》は
何とよき心地《こゝち》ぞ
その足取りの
我《わ》が母にも似《に》て
街《まち》を行く
古びたるかくまきのなつかしや

爪色の雨

一

爪色《つめいろ》の雨の午前《あさ》
まつ毛のながいその女《ひと》は
ビュウティ・スポットを
　入れては消し……
　消しては入れ……

鏡は
爪色の雨と泪《なみだ》に雲りぬ

二

爪色の雨が降《ふ》ります

あぢさゐの花がけむります
誰《たれ》にも知れないやうに
お風呂場《ふろば》の壁《かべ》がぬれて行きます
鉛筆色《えんぴついろ》の角《つの》出して
まいまいつぶろが見てゐます。

三

爪色の雨の降るたびに――

あなたと旅した
あの頃《ころ》を……

あなたのお下髪《さげ》を

ほゝゑみを……

耳の産毛《うぶげ》を
はぢらひを……

雨のなかで指《ゆび》さした
あの山脈《やまなみ》をあの爪を……

爪色の雨の降るたびに——

虹がうすれて行く時は……

虹《にじ》がうすれて行く時は
何か悲しい気がします

いつか失《な》くした花手毬《はなてまり》
ほぐれた毛糸の玉のよな
ふるへる小鳥の胸毛《むなげ》のやう
何か悲しい気がします

おまつり時《どき》の紅提灯《べにぢやうちん》
なかに小指のローソクの
ほそぼそ燃《も》える昼の露路《ろぢ》
何かあのよな気がします

虹がうすれて行く時は
何か悲しい気がします

古いホテル

古いホテルの
窓《まど》のつた
からんでよろひ扉《ど》
あきません

古いホテルの
よろひ扉は
今年で十年《とせ》も
あきません

古いホテルの
窓のなか
木の椅子《いす》　テーブル
木のベッド

古いホテルにや
誰も寝《ね》ず
のこるはむかしの
ものがたり

古いホテルの
窓の月
きかせて下され
ものがたり

胡桃

こはさないやうにわりませう

くるみのからを
ひとつ　ふたつ　みっつ
よっつ
それは泪のいれものにしませう

パパにひとつ
ママにひとつ

あとのふたつはわたしのです
どうしてつて⁉
わたしはなきむしなんですもの

日向の雪

長い窓に日がふるへる
路《みち》には
はらり　雪が降り
日ざしの跡《あと》を追ふ小さい風

街は静かにながく
美《うる》はしき魚のひれの匂《にほ》ひがする
雪は日向《ひなた》に
その匂ひのなかにひたる

涼みながら

ぽつんと音して
月見草
お庭《には》のすみに
咲《さ》きました

ママと二人で
涼《すゞ》み台
さらさらねむの木
ゆれてゐる

あをげばお屋根に
二日月
風見《かざみ》の鳥も
涼んでる

想ひの五月

檜葉《ひば》の茂《しげ》みは
昨日より
みどりの想《おも》ひを
深くさせ

ひなげしの芽も
首かしげ
そつとなにやら
ものおもふ

ゆびとゆびとを
くみあはせ
やさしい陽《ひ》ざしの
丘《をか》の上

ちひさく口笛《くちぶえ》
吹きながら
それからそれへと
ものおもふ

フローラ　ビアトリス　ゴンザレス

ビテヤ
お起き
キャベツ畑は露《つゆ》にぬれてゐる
ぬれて光つてゐる

ビテヤ

ごらん
樹《こ》がくれにカノーが見えて
海いつぱいに日がゆれる

ビテヤ
おうたひ
夕《ゆふ》べの鐘《かね》がなつてゐる
山羊《やぎ》のおいのりが聞こえる

ビテヤ
おやすみ
明日の朝までおやすみ
夜の風はおまへにつめたい

悲しくてやりきれない

胸にしみる　空のかがやき
今日も遠くながめ　涙をながす
悲しくて　悲しくて
とてもやりきれない
このやるせない　モヤモヤを
だれかに告《つ》げようか

白い雲は　流れ流れて
今日も夢はもつれ　わびしくゆれる
悲しくて　悲しくて
とてもやりきれない
この限《かぎ》りない　むなしさの
救いはないだろうか

深い森の　みどりにだかれ
今日も風の唄《うた》に　しみじみ嘆《なげ》く
悲しくて　悲しくて
とてもやりきれない
このもえたぎる　苦しさは
明日も続くのか

モズが枯木で

モズが枯木《かれき》でないている
おいらはわらをたたいてる
わたひき車はおばあさん
コットン水車も廻《まわ》ってる

みんな去年と同じだよ
けれども足り無《ね》えものがある
兄《あん》さの薪《まき》わる音が無え
バッサリ薪わる音が無え

兄さは満州《まんしゅう》へ行っただよ
鉄砲《てっぽう》が涙で光っただ
モズよ寒くも　泣くで無え
兄さはもっと寒いだぞ

船はまだかよ

船はまだかよ
おとうはまだか

波から消えた
くらげが消えた

風がでてきて
白波《しらなみ》みえた
小《こ》砂《すな》がいたい
はだしにいたい

しけてくるのか
雨雲《あまぐも》わいた
やどかり逃《に》げた
あわてて逃げた

沖《おき》を指さす
ひとさしゆびの
さきっちょ寒い
ささくれ寒い

秋風の中で歌う

秋風の中で　わたしは唄う
森でみつけた　くるみのからに
くろい涙の　しみがある
枝《えだ》にないてる　かけすの声が
なぜかこの頃《ごろ》　かすれてる
それを　それを　それを　それを
わたしは唄う

秋風の中で　わたしは唄う
草にかくれた　うさぎの影《かげ》が
むねにさびしく　残ってる
道についてる　草履《ぞうり》のあとを
リスが二匹で　かぞえてる
それを　それを　それを　それを

わたしは唄う

秋風の中で　わたしは唄う
枯《か》れてよじれた　ぶどうのつるを
うすい入日《いりひ》が　なぜている
白くぼやけた　遠くの壁が
今日に別れを　告げている
それを　それを　それを　それを
わたしは唄う

美しきためいき

故郷《ふるさと》の　山のかたちの懐《なつか》しさ
手のひらに　指にて

その姿《すがた》を　えがきて
古き日を　しのべば
美しく　かなしく
かなしく　美しく
我が唇《くちびる》より　かすかにもれる
ためいき　アー

故郷の　森の小鳥の懐しさ
口笛を　ならして
その日暮《ひぐれ》を　浮《うか》べつ
古き日を　しのべば
美しく　かなしく
かなしく　美しく
我が唇より　かすかにもれる
ためいき　アー

おかめひょっとこ

おかめひょっとこ
はんにゃの面《めん》
笛に太鼓《たいこ》に　鈴《すず》がらりん
——秋祭りの音の中に母とわたし

赤と黄色の
ゴム風船
ふくらす七色紙風船
——秋祭りの色の中に母とわたし

まわる棉菓子《わたがし》
かるめやき
いりたて豆に　みそおでん
——秋祭りの匂いの中に母とわたし

ひかれた手を握《にぎ》りしめるだけのおねだり
ああ　むかしのむかしの母とわたし

むかしはどこにも匂いがあった

むかしはむかしは　なんともいえない
すてきな匂いが　どこにもあった

——学校がえりの　裏道《うらみち》は
空気の匂いが　あふれてた
お寺のがけには　青ごけの
涼《すず》しい匂いが　ならんでた

——遊びによくくる　友達は
あんずの匂いが　いつもした
おしゃべりしだすと　たまらなく
鼻へと匂いが　とびこんだ

——ちいさいかわいい　小川には
メダカの匂いが　流れてた
手あみでしゃくうと　手首まで
うれしい匂いが　しみこんだ

——さよならあばよの　ひぐれには
羽虫《はむし》が匂いを　夜にした
まばたきしている　灯《あか》りには
ごはんの匂いが　ふくれてた

むかしはむかしは　なんともいえない
すてきな匂いが　どこにもあった

駄菓子のノスタルジア

ねぢりん棒《ぼう》は
無作法《ぶさほう》にねぢれていたよ
血菓子《ちがし》は
ボクの舌《した》も　つばきも　まっかにしたよ
むぎこがしは
うっかりすると　のどへはりついて
昼間の太陽を涙でぼやけさしたよ
みかん水《すい》のコルクは
その店のおばあさんの指よりしなびて
のどをならすボクを
ポロンポロンゆれながら見ていたよ
豆板《まめいた》の
小豆《あづき》のおばさん達は
そろって　白内障《はくないしょう》をおこしていたよ

あんこ玉のあんこは
えんりょなく虫歯の穴《あな》へもぐりこんだよ
あてものの金花糖《きんかとう》の紅《あか》は
おえんまさまのショウツカバァサンの
唇とおんなじ色だったよ
赤い帯《おび》をしめた肉桂（ニッケ）は
やせた奴《やつ》の方が　味があったよ
ゴマ入りの黒ざとうのアメ玉は
ボクのうわあごと仲よしだったよ
白い三角の
ハッカ菓子の匂いは
皮のむけた唇にしみたよ
ミツパンのみつは
きめの荒《あら》い食パンの裏に通《とお》っていたよ
だから　掌《てのひら》でうけて
ペロリペロリと掌をなめたよ
南京豆《なんきんまめ》は

全部　からつきだったよ
そのからをこわさないようにむいて
両方のまぶたにぶらさげたよ

ベイゴマのひもで鼻をこすり
凹《へこ》みにポケットのゴミがたまってる金米糖《こんぺいとう》を
友達にひとつふたつとわけてやったよ
お返しに
鬼《おに》の鼻くそみたいな
芋菓子《いもがし》をもらったよ
ひからびて　粉のふいてる安《やす》ようかんは
洗濯板《せんたくいた》みたいに　ヒダがあったよ
思い出すと
そのひとつひとつの味が
舌の根っこに　よみがえってくるよ
それといっしょに
チャンスケ　ジロリンタン　プリ金

ニョロチョロ　チョウチン　バニ公
アブク　チョロンボ　グウチョキ
次から次へと　古き日のよき友達の顔が
あらわれては消え
消えては　又《また》出てくるよ
あかんべをしたり　ほっぺたをふくらましたり
尻《しり》をたたいたりして……その音までが
耳の中で　はっきりとする
　　　　はっきりとするよ

叱られ坊主

日暮　夕風
赤とんぼ

叱《しか》られ坊主《ぼうず》を
ひとまわり
早く消えろと
にらめたら
夕やけぐもまで
かき消えた

のぞく　裏木戸《うらきど》
破《やぶ》れ木戸
叱られ坊主の
影ゆれた
押せばあくのに
手が出せぬ
となりの小犬が
首まげた

ぎっちょ　すいっちょ

なきだした
叱られ坊主の
右左《みぎひだり》
　声がしみこむ
　みみずばれ
　えりくび　あしくび
　ひざこぞう

姉か　妹か
はねつるべ
叱られ坊主は
耳たてた
　なぜにじゃまする
笛太鼓《ふえたいこ》
祭りの稽古《けいこ》も
うらめしい

ちょびっとちょびっと春がきた

ジャンケンポンヨの　はさみのさきに
ちょびっと　ちょびっと　春がきた
その春　はさみで　ちょんぎれた

ピョンピョンなわとび　とんでるひざに
ちょびっと　ちょびっと　春がきた
その春　すべって　すぐ消えた

リンリン自転車　ならしたベルに
ちょびっと　ちょびっと　春がきた
その春　ひかげで　さよならだ

三月ひしもち　あられの中に
ちょびっと　ちょびっと　春がきた

その春　つまんで　にらまれた

雨ですこっそり降ってます

雨です　こっそり　降ってます
こまかい雨です　しずかです
あまえる鼻声　つばめの子
それより　それより　しずかです

雨です　こっそり　降ってます
こまかい雨です　しずかです
まいまいつぶろの　ひとりごと
それより　それより　しずかです

雨です　こっそり　降ってます
こまかい雨です　しずかです
おはぐろとんぼの　ためいきか
それより　それより　しずかです

雨です　こっそり　降ってます
こまかい雨です　しずかです
ひる寝のみの虫　その寝息
それより　それより　しずかです

五月の雨

雨　雨　雨　雨　五月の雨は
どこへ降るのも　みどりの雨だ

森でも丘でも　並木《なみき》の路《みち》でも
若葉《わかば》をうつして　降ってる雨だ

雨　雨　雨　五月の雨は
てるてる坊主の　きかない雨だ
いじわるこんじょの　しとしと雨だ
やんだと思えば　また降る雨だ

雨　雨　雨　五月の雨は
うっかりしてると　ミットがかびる
バットのテープに　白い粉《こ》　浮《う》いた
おととい　きのうと　きょうまたふいた

雨　雨　雨　五月の雨は
お池にいくつも　丸い輪かいた
丸い輪ならんだ　鯉《こい》　ふな　どじょう
木の葉をうかして　石けりいかが

雨　雨　雨　五月の雨は
バッタを一匹　てんと虫二匹
黒いピアノの　ふたへととめた
うつったかげと　あわせて六つ

雨　雨　雨　雨　五月の雨に
小使部屋《こづかいべや》の　二匹の猫《ねこ》が
たいくつしたのか　標本室《ひょうほんしつ》で
あくびをしながら　はげ鷹《たか》みてた

雨　雨　雨　五月の雨を
受けてためてる　チューリップの花は
ブドウ酒のむよな　グラスの形《かたち》
お客はどなたか　グラスは十三

雨　雨　雨　雨　五月の雨は

いつまでたっても　からりと晴れない
めそめそ小僧《こぞう》の　泣き虫雨だ
くやしきゃからりと　いますぐ晴れろ

秋とボク

芋《いも》がきらい
栗《くり》がきらい
柿《かき》がすき
梨《なし》がすき

白菊《しらぎく》のとりすましがきらい
すすきの無茶苦茶ゆれがすき

もみじの紅《あか》がきらい
いちょうの黄色がすき
もずの声がきらい
かりの声がすき
鳴子《なるこ》がきらい
かかしがすき
秋はきらいですきなのです

郷愁

今日のつかれを　日ぐれの風に

さらりとばして　かえる道
遠い昔に　わが母親に
教えてもらった　唄が出る
――あゝ　なつかしの　その唄に
　ふるさとのふるさとの　山の形が見えてくる
　母の瞳《ひとみ》も　見えてくる

いやな思いを　指折りかぞえ
眉《まゆ》をひそめる　雨の夜
雨の中から　わが母親の
しっかりおやりの　声がする
――あゝ　なつかしの　その声に
　ふるさとのふるさとの　家のけむりがゆれている
　母の姿も　ゆれている

ペンをとりあげ　おもいのままに
ひとり静かに　書く手紙

文字の影から　わが母親の
やさしくみている　顔がある
――あゝ　なつかしの　その顔に
ふるさとのふるさとの　なにもかにもがあふれてる
母の匂いも　あふれてる

秋に唄う

朝の散歩で　いつもみる
遠いチャペルの　塔《とう》の上
小首をかしげた　十字架《じゅうじか》に
秋がぴ、き、ん、と　光ってる
秋がぴきんと　光ってる

窓にこぼれた　朝顔の
種《たね》を五粒《いつつぶ》　手にのせた
からからかわいた　その種に
秋がちょこんと　すわってる
　秋がちょこんと　すわってる

二羽か三羽か　たえまなく
鳩《はと》がポロッポ　ないている
部屋へと伝わる　その声を
秋がくっきり　ひきたてる
　秋がくっきり　ひきたてる

庭に咲いてる　サルビヤの
紅《あか》がふるえて　目にはいる
日に日にあせてく　その花を
秋がこっそり　なぜている
　秋がこっそり　なぜている

ひとりわびしく　のむお茶の
スプンの丸みに　灯《ひ》がうつる
お皿の模様《もよう》の　渦巻《うずまき》を
秋がゆっくり　かぞえてる
　秋がゆっくり　かぞえてる

春を待つボク

こたつがきらい
あんかがきらい
電気《でんき》毛布《もうふ》がきらい
湯《ゆ》タンポがきらい
だから　春を待つキモチが

大きいんです
ちょうじが匂いだすと
たまらなくなるんです
木蓮《もくれん》のつぼみがふくらむのを
毎日　何度も見あげるんです

毎朝
何人かの友達に電話をかけて
きのうよりあたたかいかいと
聞くんです
子どもみたいだと
誰もが笑うんですが
それでもやめられないんです

春になったら……と書いて
仕事のプランなどをたてるのです

でも　ほんとうの春になると
春にひたってしまって仕事なんかしないんです

象のシワ

象の背中《せなか》に　シワがある
肩やお腹《なか》も　シワだらけ
四本《しほん》の足も　すごいシワ
耳にもシワシワ　鼻もシワ

子供の時から　シワがある
赤ちゃん象でも　シワがある
はちきれそうに　ふとっても
シワはへらない　消えもしない

じっとみてると　そのシワの
中にかくれた　シワがある
シワの中から　こっそりと
小さいシワが　のぞいてる

幾千《いくせん》幾万《いくまん》　象のシワ
親ジワ子ジワ　孫のシワ
そのまた子のシワ　孫のシワ
ひまご　つるまご　きゃしゃごジワ

シワでできてる　大きな象
みてると悲しく　なってくる
たまらないように　なってくる
歩くとそれが　波を打つ

ああ　歩くとそれが　波を打つ

ああ　立てばそれが　のびをする
ああ　しゃがめばそれが　たたまれる
ああ　ねねすりゃそれが　ゆめをみる

むつごろう

むつごろう
むつごろう
どこかのおっさんの名前みたいだね

むつごろう
そなたにはこの名がぴったり
とびはぜなんて呼《よ》ばれたら
知らん顔をしてろ　むつごろう

むくつけき姿
おどけた顔
風あたりのよすぎる目玉
胸《むな》びれで穴を掘《ほ》るむつごろう
家をつくるむつごろう

むつごろう
むつごろう
手にのせるとあきらめきってるむつごろう
悲しすぎるぞ　むつごろう

その子は赤チンが好きでした

みみずばれにも赤チン
コッンコのコブにも赤チン
ささくれにも赤チン
深爪《ふかづめ》にも赤チン
ころんでも赤チン
虫にさされても赤チン
ブリキで切っても赤チン
なんでもかんでも赤チンなんです
赤チンをつけてると
気がおちつくらしいんです

この赤チン坊主が
どこもすりむかず
どこもけがせず

ささむけも出来なくなってしまったのです
二日《ふつか》　三日《みっか》　四日《よっか》
元気がなくなりました
がっかりしたようすでしたが
五日目《いつかめ》にニタニタして
ボクたちの前にあらわれたんです

ぐっと左の腕《うで》をさしだしました
その手首から
ボクたちの目にとびこんできたのは
赤チンで書いた腕時計でした

クリスマスまでは――

いうことをきかないと
クリスマスがきませんよ
姉はボクに言いました

おとなしくお風呂《ふろ》にはいらないと
サンタクロースさんは素通《すどお》りだね
これがおふくろのきまり文句《もんく》

十二月になると
毎日毎日何度も
これをくりかえされたボクなんです

おそろしいもんです
なさけないもんです

これがしみついたんです

十二月になると
ポインセチアの一鉢《ひとはち》などを買い
酒もへらしてそれを眺《なが》めているボクなんです

たっけだっけの歌

水をみるとすぐに
泳ぎたくなったっけ
青空が水の色を
いやにきれいにみせていたっけ
上衣《うわぎ》をぬぎ　ズボンをはずし
クツを上においたっけ

蛙《かえる》を一匹つかまえ
カバンにおしこめて
番《ばん》をしてろといったっけ
まだ五月だよの声が
どこからかしたっけ
そいつを払《はら》いのけてドブン
水の味が　からだじゅうにしみたっけ
思う存分《ぞんぶん》　泳いだっけ
ふるえながら
風でかわかしたっけ
川の匂いを気にして
手首やひざこぞうを
何度もクンクンかいだっけ
かえりぎわには
指を一本唇に立てて
なまずよしゃべるなとたのんだっけ

通いのいそうろう

ざれ歌をよむ若者
酒くらいの大工《だいく》
釣三昧《つりざんまい》の老画家
民生委員《みんせいいいん》の墓守《はかも》り
女性のみをうつすカメラマン
常陸宮《ひたちのみや》に瓜二《うりふた》つの作曲家の卵
など　など　など
かわるがわる　わが家《や》に来たりて
のどがかわけば茶をわかし
腹《はら》がすけばめしをたき
勝手なことをほざきて
さらば又《また》とかえり行く

われこの面々《めんめん》を

通《かよ》いのいそうろうと名付《なづ》く
言い得て妙《みょう》なりと
通いのいそうろう　ひとしく感動す
通いのいそうろうありて
わがくらし　とみに　はなやかなり

みみずばれの唄

手首やももや　ひざこぞう
ふくらっぱぎに　みみずばれ
どこでそいつが　できたのか
おぼえていない　みみずばれ

だれにもいわずに　つばきだけ
そっとつけとく　みみずばれ

おふろにはいると　ちょとしみて
おしっこをもらす　みみずばれ

なおりかけると　かさぶたが
ちいさくならぶ　みみずばれ

なおったころには　又ちゃんと
どこかにできてる　みみずばれ

そぼくな恋

なんとなく　なんとなく
そわそわしてるんです
話しがうまく　出来ないんです
古いといわれても　しかたがないんです
それでもむやみと　うれしいんです
胸の中では　うたっているんです

逢《あ》う日には　逢う日には
わくわくしてるんです
まぶたがとても　ぴくつくんです
灯《あか》りがまぶしくて　しかたがないんです
だまってみてると　たのしいんです
指はしきりと　動いているんです

手紙さえ　手紙さえ
びくびく　してるんです
ペン先がいつも　みだれるんです
哀《あわ》れがひろがって　しかたがないんです
名前をなんども　つぶやくんです
口をあわてて　おさえているんです

なんでも匂いをかぐんです

なんでも匂いを　かぐんです
しかられたって　かぐんです
—ばあやの匂いは　すっぱくて
いつでもくしゃみが　でるんです

―ぢいやの背中は　樽柿《たるがき》の
匂いがぷんぷん　してました
―もんしろちょうちょの　羽《はね》のこな
レモンの匂いと　おなじです
―となりの大きい　姉《ねえ》さんは
ちょうじの花の　匂いです
―ひなたにほした　おふとんは
たばねたわらの　匂いです
―ひとりでかくれた　物置きは
むかでとおけらの　まじりです
―コーンビーフは　魚つりの

みみずとちっとも　ちがいません
―くるくるまわした　番傘《ばんがさ》は
油障子《あぶらしょうじ》に　似てました
なんでも匂いを　かぐんです
にらまれたって　かぐんです

ちいさい秋みつけた

誰かさんが　誰かさんが　誰かさんが　みつけた
ちいさい秋　ちいさい秋　ちいさい秋　みつけた
めかくし鬼さん　手のなる方へ
すましたお耳に　かすかにしみた

よんでる口笛　もずの声
ちいさい秋　ちいさい秋　ちいさい秋　みつけた

誰かさんが　誰かさんが　誰かさんが　みつけた
ちいさい秋　ちいさい秋　ちいさい秋　みつけた
お部屋《へや》は北向き　くもりのガラス
うつろな目の色　とかしたミルク
わずかなすきから　秋の風
ちいさい秋　ちいさい秋　ちいさい秋　みつけた

誰かさんが　誰かさんが　誰かさんが　みつけた
ちいさい秋　ちいさい秋　ちいさい秋　みつけた
むかしの　むかしの　風見の鳥の
ぼやけたとさかに　はぜの葉ひとつ
はぜの葉あかくて　入日《いりひ》色《いろ》
ちいさい秋　ちいさい秋　ちいさい秋　みつけた

妹とボクと雪

細くちいさき銀《ぎん》のハサミにて
粉雪をきざみし妹
太くふしくれだちたる指にて
ぼたん雪をちぎりしわれ

粉雪とぼたん雪をつくりし紙に
いま妹は丹念《たんねん》に物語をつづり
われは思うままに
ウタを書きなぐる

妹よ
冬の空を窓から眺め
昔をしのびて
さびしくとも笑いたまえ

わたしのうた

わたしはわたしのうたの中で
べこの子の背中に
かげろうをゆらつかせ
りんごのキモチがわかるとほざき
めんこい小馬のたてがみを
朝つゆでぬらした

わたしは東京生《うま》れの東京そだち
べこの子や小馬とくらしたことはない
だがわたしの父母《ちちはは》は
ともに　みちのくの生れ
父は弘前《ひろさき》
母は仙台《せんだい》
わたしがこのんで

雪国のうたをつくるのは
どうやら二人から受けついだ
血のせいらしい　血のせいらしい

自画像

カストロまがいのヒゲ
トウニョウとジンゾウの同居《どうきょ》しているまぶた
どうみても出来のわるい鼻
限りなく皮のむける唇
酒がしみた手首
タバコのヤニがういている指
椅子《いす》の上にあぐらをかき
ウィスキータンサンのコップに耳をよせ

次から次へと立ちのぼる
小さい泡《あわ》のつぶやきを
柄《がら》になく気取って聞き
これだけはスケジュールどおりとうそぶき
むしりとった鼻毛《はなげ》を
テーブルに植えつけて
いったいウタはいつ書くんだ
風呂と寝床《ねどこ》の中と散歩の途中《とちゅう》

自画像《じがぞう》というものは
どんなに描《えが》いても
ちょっとすかしているものです

わびしくなると……

わびしくなると
動物園をひとめぐり

親愛なるスカンクに
敬意《けいい》を表《ひょう》し
象の鼻のシワの数を悲しみ
ラクダのもぐもぐを真似《まね》
わらいかわせみの前では
その声帯模写《せいたいもしゃ》をご披露《ひろう》し
ゴリラまがいに胸をたたき
ごきげんになって
カンガルー飛びで家にかえる
茶を一杯《いっぱい》　たばこを一ぷく

あとは穴熊式《あなぐましき》の昼寝となる

知らないところで……

知らない海へ行きました
さびしい日ぐれの　海でした
沖には島も　ありません
うねりにうねる　波だけでした
スケッチブックを　とりだして
小舟を一艘《いっそう》　書きました
そうして　そうして
彼女を　ぽつんと　のせました

知らない山へ行きました

枯木のはえてる　山でした
ちいさな路も　ありません
小声で唄う　風だけでした
　スケッチブックを　又ひらき
小鳥をやさしく　書きました
その目を　その目を
彼女とおなじに　書きました

知らない町へ　行きました
灰色《はいいろ》みたいな　町でした
人かげさえも　ありません
みているものは　目だけでした
　スケッチブックに　いっぱいに
大きな出窓《でまど》を　書きました
そこにも　そこにも
彼女の姿を　のせました

泣きたくなるのはいいことだ

泣きたくなるのは　いいことだ
すっきりするまで　泣きたまえ
涙をふいたら　空でもながめ
すまして口笛　吹くことだ
――若《わか》いから　若いから
　それが　ぴたりとしてるんだ

のみたくなるのも　わるくない
えんりょはキンモツ　のみたまえ
ねむって起きたら　あくびをひとつ
ついでに唄でも　うたおうか
――若いから　若いから
　それが　ぴたりとしてるんだ

ももやなんかは　何もない
そこらへぽぽいと　すてたまえ
誰かにどこかで　出逢《であ》ったときは
肩《かた》でもぽぽんと　たたくんだ
——若いから　若いから
それが　ぴたりとしてるんだ

日めくりのカレンダー

わたしは
日めくりのカレンダーが
好きなのです

きょうも一日

いやなことが　なかったと
日めくりのカレンダーに　おじぎをして
しずかに　はぎとった

その姿と
はぎとる音が
いまでも　目にみえ
耳の奥に　浮《う》かぶのです

わたしが
日めくりのカレンダーが
好きなわけは　これなのです

両手をくみあわせて……

両手をくみあわせて
マリアさま
今日もウソだけ　つきました

……ほんとのことだけ
言えるひと
この世に何人　いるでしょうか
ごぞんじだったら
その方《かた》の
名まえをお教え　ねがいます……

両手をくみあわせて
マリアさま
今日もウソだけ　つきました

美しく自分を染めあげて下さい

赤ちゃんのときは白
誰でも白
どんな人でも白
からだや心が
そだって行くのといっしょに
その白を
美しく染《そ》めて行く
染めあげて行く

毎朝　目がさめたら
きょうも一日
ウソのない生活を
おくりたいと祈《いの》る
夜　眠《ねむ》るときに

ふりかえって
その通りだったら
ありがとうとつぶやく

ひとにはやさしく
自分にはきびしく
これをつづけると
白はすばらしい色になる
ひとをいたわり
自分をきたえる
これが重なると
輝《かがや》きのある色になる

なにもかも忘《わす》れて
ひとのために働く
汗《あせ》はキモチよく蒸発《じょうはつ》し
くたびれも　よろこびとなる

こんな日のひぐれには
母の言葉が耳にすきとうり
父の顔が目の中で
ゴムマリみたいに　はずむ

生れてきたからには
よき方向へすすめ
からだや心を大きくするには
よき道をえらべ
横道《よこみち》はごめんだ　おことわりだ
いそがずに　ちゃくちゃくと
自分で自分を
美しく　より美しく　染めあげて下さい

ムリすんなよ

ムリすんなよ
ムリすんなよ
すらりとくらすに　かぎるんだ
しこりができたら　おしまいだ
ムリすりゃどこかに　ひびがいる
恋愛《れんあい》だって　おなじこと
　　　　　　　　　おなじこと

ムリすんなよ
ムリすんなよ
自然にまかせて　おきなさい
がんばりすぎると　つまづくぞ
ムリすりゃ動きが　にぶくなる
恋愛だって　おなじこと

おなじこと

それでいて誰よりも

あの人に逢うと
つんつんつんと　してしまう
それがわたしの　心のあらわしかたです
右と言えば　左
ホワイトと言えば　ブラック
　それでいて　誰よりも　誰よりも　誰よりも
　これだけ言えば　もう言わないでも
　　　　　　　　わかるでしょう

あの人に逢うと

ぽんぽんぽんと　何かいう
それがわたしの　ほんとに困《こま》ったくせです
前と言えば後ろ
シューズと言えばブーツ
　それでいて　誰よりも　誰よりも　誰よりも
　これだけ言えば　もう言わないでも
　　　　　　　　　わかるでしょう

わたしは歌に思い出をたどる

学校の庭に大きな椎《しい》の木が一本
わたしたちはそのまわりでよく唄った
唄っては遊んだ
椎の木はいつのまにやら枯れてしまったが

歌だけは　わたしの胸に残ってる

子供部屋から顔を出して
暮《く》れて行く空を見ながら
夕ごはんになるまで
姉と二人で好きな歌を
くりかえし　くりかえし唄った
姉はとっくに　この世にさよならしてしまったが
姉といっしょに唄った歌は
いまでも　時々　わたしの唇《くちびる》からとび出る

わたしは歌で思い出をたどる
歌はわたしに順序《じゅんじょ》よく
生きてきた年代をしめしてくれる
むかしの歌をなつかしむ時のわたしは
いつもより　ずっとずっと　やさしいわたしになる
　　ずっとずっと　やさしいわたしになる

わらべ唄

谷の子熊

谷の子熊《こぐま》は　三日月《みかづき》みてた
三日月ぼやけて　涙《なみだ》が落ちた
とうさん熊の　おのどの下の
月の輪そっくり　白くて光る

谷の子熊は　谷川みてた
三日月ちぢれて　流れにうつる
とうさん熊は　なぜかえらない
泣き泣きのっそり　熊笹《くまざさ》ふんだ

谷の子熊は　朝　目がさめた
三日月うすれて　さよならしてた
とうさん熊の　匂《にお》いもしない
涙がぽったり　小石にしみた

谷の子熊は　青空みてた
三日月出ろよと　ひとりでほえた
とうさん熊に　よく似《に》た声だ
子熊はぽっちり　笑《わろ》うて泣いた

いたいいたいウタ

つららをつかんで　手のゆびいたい
両手のしもやけ　ことしもいたい
毛糸のえりまき　ちくちくいたい
カラスのおきゅうも　ひわれていたい
ひぐれのお使い　耳たぶいたい

走れば鼻さき　さすよにいたい
弟のタビかな　子指がいたい
小石をけとばしゃ　しびれていたい

ねぼけてかいたか　あかぎれいたい
ゆめみてないたか　目のふちいたい
おきれば雪の日　まぶしくいたい
すずめのこえさえ　ひびいていたい

かわいたくちびる　なめてもいたい
ささくれむきすぎ　ひりひりいたい
ひたいのすりむき　ぼうしにいたい
ねねしてもぐれば　こすれていたい

だから夕方はさみしいのだ

ごはんとよばれて
あの子ははいちゃい
御用《ごよう》といわれて　もひとりかえる

おつかいたのまれ
またまたぬけた
とうさんみつけて　ひとりはかけた

のこりはかぞえて
一　二の三人
ふりむき　ふりむき　つばめがとんだ

三本えんとつ
けむりが消えた

なくなというのに　かえるがないた
さみしいジャンケンポンの
はさみのさきに
夕日がちらつき　すぐ日がくれた

めんこい仔馬

濡《ぬ》れた仔馬《こうま》の　たて髪《がみ》を
撫《な》でりゃ両手に　朝の露《つゆ》
呼べば答えて　めんこいぞ　オーラ
駈《か》けて行こかよ　丘《おか》の道
ハイド　ハイドウ　丘の道

藁《わら》の上から　育ててよ
いまじゃ毛並《けなみ》も　光ってる
お腹《なか》こわすな　風邪《かぜ》ひくな　オーラ
元気に高く　嘶《な》いてみろ
ハイド　ハイドウ　嘶いてみろ

西のお空は　夕やけだ
仔馬かえろう　おうちには
お前の母《かあ》さん　待っている　オーラ
唄ってやろかよ　山の唄
ハイド　ハイドウ　山の唄

月が出た出た　まんまるだ
仔馬のお部屋も　明るいぞ
良い夢ごらんよ　ねんねしな　オーラ
明日は朝から　また遊ぼう
ハイド　ハイドウ　また遊ぼう

秋の子

すすきの中の子　一二の三人
はぜつりしてる子　三四の五人
どこかで　やき栗《ぐり》　やいている
つばきを　のむ子は　何人だろな

柿《かき》のみみてる子　一二の三人
さよならしてる子　三四の五人
ごはんに　なるまで　おもりする
おんぶを　する子は　何人だろな

ひぐれに走る子　一二の三人
風呂《ふろ》たきしてる子　三四の五人
こおろぎ　あちこち　なきだした
さみしく　聞く子は　何人だろな

いつでもどきどきしてるんだ

いつでもどきどき　してるんだ
ボールがくるのが　こわいんだ
のどだけひりひり　かわくんだ
こっちへ打つなと　ねがうんだ
——それでも野球が　すきなんだ
おかしな話しだが　本当なんだ

バットがしょっちゅう　おもいんだ
ボールがちいさく　みえるんだ
振《ふ》ってもかすりも　しないんだ
ためいきばかりが　もれるんだ
——それでも野球が　すきなんだ
おかしな話しだが　本当なんだ

からだがガクガク　うごくんだ
ボールがするりと　ぬけるんだ
投げてもけんとうが　ちがうんだ
空だけ涙で　ひかるんだ
――それでも野球が　すきなんだ
　おかしな話しだが　本当なんだ

夕方のおかあさん

カナカナぜみが　遠くでないた
ひよこの母さん　裏木戸《うらきど》あけて
ひよこをよんでる
……………ごはんだよォ
やっぱり　おなじだ　おなじだな

ちらちら波に　夕やけゆれた
目高《めだか》の母さん　小石のかげで
はよはよ　おかえり
…………ごはんだよォ
やっぱり　おなじだ　おなじだな

サヤサヤ風が　笹《ささ》の葉なでた
こねこの母さん　あちこちむいて
おいしい　おとと で
…………ごはんだよォ
やっぱり　おなじだ　おなじだな

うれしいひなまつり

灯火《あかり》を点《つ》けましょ　ぼんぼりに
お花を上《あ》げましょ　桃《もも》の花
五人囃《ごにんばや》しの　笛《ふえ》　太鼓《たいこ》
今日は楽しい　雛《ひな》まつり

お内裏《だいり》さまと　お雛さま
二人ならんで　すまし顔
お嫁《よめ》にいらした　姉《ねえ》さまに
よく似《に》た官女の　白い顔

金の屏風《びょうぶ》に　映《うつ》る灯《ひ》を
かすかにゆする　春の風
すこし白酒《しろざけ》　召《め》されたか
赤いお顔の　右大臣《うだいじん》

着物を着かえて　帯《おび》しめて
今日は私も　晴姿《はれすがた》
春の弥生《やよい》の　このよき日
何より嬉《うれ》しい　雛まつり

べこの子うしの子

べこの子　うしの子　まだらの子
かあさん牛に　よくにた子
大きくなったら　お乳《ちち》をだして
ふもとの町の　赤ちゃん育《そだ》て
もうもうなかずに
なかずに　お遊びね

べこの子　うしの子　赤毛の子
とうさん牛に　よくにた子
大きくなったら　とんぼを呼んで
二つのつのの　朝露《あさつゆ》吸《す》わせ
もうもうおなかは
おなかは　いっぱいかい

べこの子　うしの子　すぐ寝る子
おばさん牛に　よくにた子
大きくなったら　ちょうちょを呼んで
三つ四つ五つ　背中に乗せて
もうもうお昼の
お昼の　時間だよ

とんとんともだち

とんとんともだち　みんなで九人
一《い》っちゃん　二《じ》ろくん　三《さ》ぶちゃん
四ゲ坊《ぼう》　五ろちゃん
六《ろ》くんぼ　七《な》なちん　八ッちゃんこに
九《き》ゅうどんどん
　誰《だれ》かが叱《しか》られた　みんなでごめんなさい

とんとんともだち　みんなで九人
一っちゃん　二ろくん　三ぶちゃん
四ゲ坊　五ろちゃん
六くんぼ　七なちん　八ッちゃんこに
九ゅうどんどん
　誰かがくしゃみした　みんなが風邪ひいた

とんとんともだち　みんなで九人
一っちゃん　二ろくん　三ぶちゃん
四ゲ坊　五ろちゃん
六くんぼ　七なちん　八ッちゃんこに
九ゅうどんどん
　誰かがけがをした　みんながべそかいた

お月さんと坊や

一日《ついたち》お月さん　象《ぞう》さんのおめめ
おめめのお月さん　どんなものみてた
かわいい坊やと　坊やのおじぎ
それから　わんわんちゃんの　さよならみてた

三日月お月さん　うさちゃんのお耳
お耳のお月さん　どんなこと聞いた
かわいい坊やの　おやすみなさい
それから　ねんねんようの　おうたもきいた

半かけお月さん　豚《ぶた》さんのおはな
おはなのお月さん　どんな匂いかいだ
かわいい坊やの　おうちのけむり
それから　おいしそうな　くりやく匂い

もんしろ蝶々のゆうびんやさん

もんしろ蝶々《ちょうちょ》の　ゆうびんやさん
朝から配達　朝から配達

あねもね横丁十番地
角《かど》から二軒目《にけんめ》　ハイゆうびん

もんしろ蝶々の　ゆうびんやさん
せっせと配達　せっせと配達
ひなげし通りの六番地
まっかな看板《かんばん》　ハイゆうびん

もんしろ蝶々の　ゆうびんやさん
あちこち配達　あちこち配達
チュウリップ奥《おく》さん　ハンコです
うれしい書留《かきとめ》　ハイゆうびん

わらいかわせみに話すなよ

たぬきのね　たぬきのね　坊やがね
おなかにしもやけ　できたとさ
――わらいかわせみに　話すなよ
ケララケラケラケケラケラとうるさいぞ

キリンのね　キリンのね　おばさんがね
おのどにしっぷを　してるとさ
――わらいかわせみに　話すなよ
ケララケラケラケケラケラとうるさいぞ

象さんのね　象さんのね　おじさんがね
はなかぜ用心に　筒《つつ》はめた
――わらいかわせみに　話すなよ
ケララケラケラケケラケラとうるさいぞ

エンゼルはいつでも

だァれもいないと思っていても
どこかで　どこかで　エンゼルは
いつでも　いつでも　ながめてる
ちゃんと〳〵〳〵〳〵
ちゃちゃーんとながめてる

だァれの耳にも聞こえはせぬが
小声で小声で　エンゼルは
すてきな歌を　うたってる

だァれもすがたをみたことないが
しずかにしずかに　エンゼルは
朝でも夜でも　とんでいる

だァれも口には出さないけれど
ないしょでないしょで　エンゼルと
はなしをしたいと　思ってる

だァれのねがいも祈《いの》りもみんな
なにからなにまで　エンゼルは
すっかりおぼえて　すましてる

流行り唄

リンゴの唄

赤いリンゴに　唇《くちびる》よせて
だまって見ている　青い空
リンゴは何《な》んにも　いわないけれど
リンゴの気持は　よくわかる
リンゴ可愛《かわい》や　可愛やリンゴ

あの娘《こ》よい子だ　気立《きだ》てのよい子
リンゴによく似《に》た　可愛《かわ》いい娘
誰方《どなた》がいったか　うれしい噂《うわさ》
かるいクシャミも　飛んで出る
リンゴ可愛や　可愛やリンゴ

朝の挨拶《あいさつ》　夕《ゆう》べの別れ
いとしいリンゴに　ささやけば

言葉は出さずに　小首をまげて
明日も又《また》ねと　夢見顔《ゆめみがお》
リンゴ可愛や　可愛やリンゴ

歌いましょうか　リンゴの歌を
二人で唄えば　なおたのし
みんなで唄えば　尚《なお》なお嬉《うれ》し
リンゴの気持を　伝えよか
リンゴ可愛や　可愛やリンゴ

長崎の鐘

こよなく晴れた　青空を
悲しと思う　せつなさよ
うねりの波の　人の世に
はかなく生きる　野の花よ
なぐさめ　はげまし　長崎《ながさき》の
ああ　長崎の鐘《かね》が鳴る

召《め》されて妻《つま》は　天国へ
別れてひとり　旅立ちぬ
かたみに残る　ロザリオの
鎖《くさり》に白き　わが涙
なぐさめ　はげまし　長崎の
ああ　長崎の鐘が鳴る

こころの罪《つみ》を　うちあけて
更《ふ》け行く夜の　月すみぬ
貧《まず》しき家の　柱にも
気高《けだか》く白き　マリア様
なぐさめ　はげまし　長崎の
ああ　長崎の鐘が鳴る

小雨の丘

雨が静かに降る　日暮《ひぐ》れの町はずれ
そぼ降る小雨《こさめ》に　ぬれゆくわが胸《むね》
夢のようなこぬか雨
亡《な》き母のささやき
ひとりきく　ひとりきく　寂《さみ》しき胸に

『ああ　お母さん　あなたが死んで三年　私は
この雨にあなたを想《おも》う　雨　雨　泣《な》きぬれる
雨　木の葉も草もそして私も』

つらいこの世の雨　悲しきたそがれよ
そぼ降る小雨に　浮かぶは想い出
うつり行く日をかぞえ
亡き母を偲《しの》べば
灯火《ともしび》が　灯火が　彼方《かなた》の丘《おか》に

丘に静かに降る　今宵《こよい》のさみしさよ
そぼ降る小雨と　心の涙よ
ただひとりたたずめば
亡き母のおもかげ
雨の中　雨の中　けむりて浮かぶ

胸の振子

柳《やなぎ》につばめは　あなたにわたし
胸の振子《ふりこ》が鳴る鳴る　朝から今日も
何も言わずに　二人きりで
空を眺《なが》めりゃ　なにか燃えて
柳につばめは　あなたにわたし
胸の振子が鳴る鳴る　朝から今日も

煙草《たばこ》のけむりも　もつれるおもい
胸の振子がつぶやく　やさしきその名
君のあかるい　笑顔《えがお》浮かべ
暗いこの世の　つらさ忘れ
煙草のけむりも　もつれるおもい
胸の振子がつぶやく　やさしきその名

うちの女房にゃ髭がある

何か言おうと　思っても
女房《にょうぼ》にゃ何だか　言えません
そこでついつい　うそを言う
＊なんですあなた
いや別に　僕《ぼく》は　その　あの
パピプペ　パピプペ　パピプペポ
うちの女房にゃ髭《ひげ》がある

朝の出がけの　あいさつも
格子《こうし》をあけての　只今《ただいま》も
何だかビクビク　気がひける
（＊くりかえし）

姿《すがた》やさしく　美しく

どこがこわいか　わからない
ここかあそこか　わからない
（＊くりかえし）

地震《じしん》　雷《かみなり》　火事　おやじ
そいつは　昔のことですよ
今じゃ女房が　苦手だね
（＊くりかえし）

古き花園

古き花園《はなぞの》には　想い出の数々よ
白きバラに涙して　雨が今日も降る
昔によく似た　雨の色はいぶし銀《ぎん》

ああ　変りはてた　さみしいわが胸

古き柳の蔭《かげ》　想い出の数々よ
細き指にささやきて　風は今日も吹く
昔によく似た　風の言葉その香《かお》り
ああ　夢は消えて　さみしいわが胸

古き小窓《こまど》の中　想い出の数々よ
たそがれ行くこの庭に　鳥が今日も泣く
昔によく似た　鳥の姿その声よ
ああ　みんな棄《す》てた　さみしいわが胸

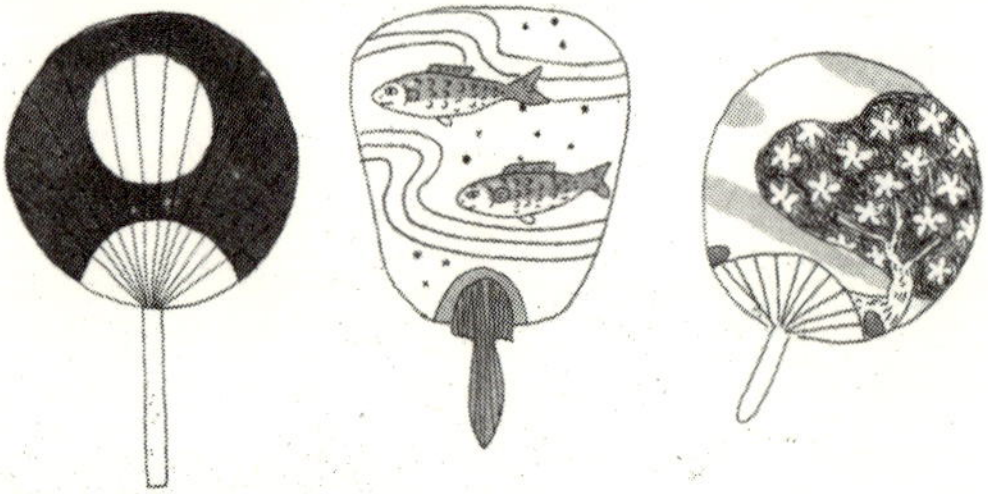

いとしあの星

馬車が行く行く　夕風に
青い柳に　ささやいて
いとしこの身も　どこまでも
きめた心は　かわりゃせぬ

暗いランプの　灯《ひ》のかげで
たより書くのも　なつかしや
いとし返事は　なんとする
母も行くよと　くるかしら

ロバの鳴くのに　起こされて
窓を開ければ　朝の星
いとしあの星　あの瞳《ひとみ》
今日の占《うらな》い　何と出る

夢で見た見た　いつかの夜《よ》
夢で話した　その人は
骨《ほね》も命も　この土地に
みんなうめよと　笑い顔

麗人の歌

ぬれた瞳とささやきに
ついだまされた恋ごころ
きれいな薔薇《ばら》にはとげがある
きれいな男にゃ罠《わな》がある
*知ってしまえばそれまでよ
知らないうちが花なのよ

悩《なや》みと嘆《なげ》きとためいきを
さらりと捨《す》てて　すまし顔
きめた復讐《しかえし》　その手段《てだて》
女は弱くて強きもの
（＊くりかえし）

昨日はゴルフ　今日競馬《けいば》
麻雀《マージャン》　ダンス　カクテール
日に夜についでの　あそびごと
チラリと秋波《ながしめ》　投げキッス
（＊くりかえし）

昼のお化粧《けしょう》　寝《ね》白粉《おしろい》
鏡《かがみ》にみつける　頰《ほお》のしわ
若さは二度と　かえらない
むかし恋しい　入れぼくろ

（＊くりかえし）

ふとふりかえる　すぎし道
しみじみ思う　恋の道
ほんとの恋はどこにある
たったひとすじまごころに
（＊くりかえし）

浅草の唄

強いばかりが　男じゃないと
いつか教えて　くれた人
どこのどなたか　知らないけれど
鳩《はと》といっしょに　唄ってた

ああ浅草《あさくさ》の　その唄を

かわいあの娘と　シネマを出れば
肩《かた》にささやく　こぬか雨
かたい約束　かわして通る
田原町《たわらまち》から　雷門《かみなりもん》
ああ浅草の　こぬか雨

池にうつるは　六区の灯《あか》り
忘れられない　宵の灯よ
泣くなサックスよ　泣かすなギター
明日も明るい　朝がくる
ああ浅草の　よい灯り

吹いた口笛《くちぶえ》　夜霧《よぎり》にとけて
ぼくの浅草　夜が更《ふ》ける
鳩も寝たかな　梢《こずえ》のかげで

月が見ている　もえぎ月
ああ浅草の　おぼろ月

もしも月給が上ったら

もしも月給が上ったら
わたしはパラソル買いたいわ
僕は帽子《ぼうし》と洋服だ
上るといゝわね　上るとも
いつ頃《ごろ》上るの　いつ頃よ
そいつがわかれば苦労がない

もしも月給が上ったら
故郷《くに》から母《かあ》さん呼びたいわ

おやじも呼んでやりたいね
上るといゝわね　上るとも
いつ頃上るの　いつ頃よ
そいつがわかれば苦労がない

もしも月給が上ったら
ポータブルなど買いましょう
二人でタンゴも踊《おど》れるね
上るといゝわね　上るとも
いつ頃上るの　いつ頃よ
そいつがわかれば苦労がない

もしも月給が上ったら
お風呂《ふろ》なんかもたてたいわ
そしたら流してくれるかい
上るといゝわね　上るとも
いつ頃上るの　いつ頃よ

そいつがわかれば苦労がない

解説・エッセイ・年譜

解説

庶民性の中に詩心を燃やして

こわせ・たまみ

　一九四九年（昭和二十四）四月六日、当時東大の教授であったフランス文学者の辰野隆《たつのゆたか》らが皇居に招かれた。敗戦から四年、人間宣言をされた昭和天皇が国民と親しまれる方法の一つとして、一般の人々に人気のある人から肩の凝らない話を聞くという催しだった。天皇は興味深そうに耳を傾けられた。時が経《た》つにつれて硬さがほぐれると、誰かが「ねえ陛下！」と話しかけていた。周りの人たちは驚いたが、天皇は嬉《うれ》しそうに「アッハッハッハ」と大笑いされていたという。

　この天皇に日本で一番親しげに話しかけた声の主が、詩人サトウハチローであった。自由奔放とでもいうのだろうか。天皇もすぐに友人にしてしまいかねないこの庶民性こそサトウハチローの天性といって良く、生涯の作品の基底に流れる水脈であった。五尺五寸、二十二貫、髭《ひげ》を生やした重戦車のような風貌《ふうぼう》とその行動力からすると、水脈というよりマグマと言った方が適切だろうか。そのマグマは庶民性ゆえに時と場所を得た時、さまざまに形をかえて奔出する。詩に、歌謡曲に、童謡に、またレビューの脚本に、ユーモア小説に、随筆に、そして小唄にと、この詩人の紡《つむ》ぐ心の糸は詩人の範疇《はんちゅう》に留《とど》まることを知らなかった。

しかしこのマルチ人間のサトウハチローも、その出発は童謡や若い心の哀歓を珠玉の言葉に凝縮させて綴《つづ》った小さな詩篇《しへん》たちであった。

一九〇三年（明治三十六）、作家佐藤紅緑《さとうこうろく》の長男として生まれたハチローは、皇居に招かれた時も、中学を八つもかわったという話をしたというように、少年時代は手に負えぬ不良少年だった。そして十五歳の時、何度目かの勘当で小笠原の父島へ送られたが、この時父紅緑に監視役を託されて一緒に島へ渡ったのが、当時佐藤家の食客であった詩人福士幸《ふくしこう》次郎《じろう》であった。ハチローは、小笠原の自然と幸次郎の感化の中で詩作に興味を持った。詩人サトウハチローの誕生である。

まもなく島から帰ったハチローは、一九一九年（大正八）のある日、幸次郎の紹介状を持って西條八十《さいじょうやそ》の門をたたいた。サトウハチロー、十六歳。時は何でも出来そうな大正デモクラシーのさ中だった。八十はこの年の六月に第一詩集『砂金』を出版し、詩壇で輝き始めたばかりの詩人だった。八十の門をたたいたのは童謡を学ぶためというが、八十は東京人らしく執着心の薄い人で、特に手をとって教えるというようなこともなかったらしいが、そのかわり規制などもしなかったためか、ハチローは数年後にはのびのびと童謡詩人の仲間入りして活躍している。

そして一九二六年（大正十五）、処女詩集『爪色の雨』（金星堂）を出版した。菊半截版上製の吉邨二郎《よしむらじろう》の装幀《そうてい》挿画による瀟洒《しょうしゃ》な体裁に、97篇の詩をちりばめた抒情《じょじょう》詩集であった。

爪色の雨が降ります

あぢさゐの花がけむります

誰にも知れないやうに
お風呂場の壁がぬれて行きます

鉛筆色の角出して
まいまいつぶろが見てゐます。

詩集の表題にもなっている「爪色の雨」は、その都会的な繊細な想《おも》いの揺れを、もっともふさわしい言葉で描き切って美しい。この色や、ある時は音や匂《にお》いを独特の感性でとらえ、庶民の優しいセンチメントとペーソスを豊かな言葉の美学で昇華させた世界こそこの詩人の詩宇宙だが、その神髄が早くもこの作品であざやかに歌われている。

それ以後、ハチローは『少女世界』『コドモノクニ』『少年倶楽部』『幼年倶楽部』『少女倶楽部』などに毎号のように童謡や抒情詩を書いた。また一九三〇年（昭和五）には榎本《えのもと》健一《けんいち》らが旗揚げした劇団「プペ・ダンサント」の文芸部主任になった。そしていよいよ本格的に量産されるようになったレコードによる流行歌にも才能を発揮し、時代の先端を流《は》行《や》り歌の詩に切り取って歌った。

大正デモクラシーは終焉《しゅうえん》を告げ、時代は昭和に入っていた。そして満州事変から日中戦争、太平洋戦争と続く戦争の波は、次第に歌も詩も戦争昂揚《こうよう》一色としていったが、ハチロー作詩の「めんこい仔馬」などは、その中でも人の心情が歌われていてほっとさせられるものがあった。

一九四五年（昭和二十）、戦争に疲弊した焼け跡に「リンゴの唄」が流れた。戦争中に作った詩を映画の主題歌に使ったのだというがハチローの作詩で、その底抜けの明るさに人々は慰められた。数年後に歌われた「長崎の鐘」も、また一世を風靡《ふうび》した。新聞には随筆や少年少女小説を連載し、ユーモア小説や歌謡曲を書き、加えてラジオへのレギュラー出演と、ハチローの仕事は戦前にも増して多彩になった。それでも童謡への想いは変わらず、一九四六年（昭和二十一）、盟友藤田《ふじた》圭雄《たまお》が編集長になって発刊された児童雑誌『赤とんぼ』（実業之日本社）には作曲家高木《たかぎ》東六《とうろく》と組んで毎月童謡を発表した。また一九四九年（昭和二十四）、ＮＨＫが『うたのおばさん』番組を開始し、童謡が幼児の歌になると、中《なか》田《だ》喜直《よしなお》など新しい作曲家と組んで精力的に新しい子どもの歌を作っていった。子どもに媚《こ》びず、子どもそのものの心で掬《すく》い上げた世界は、新しさと郷愁が程よくないまぜになっていて楽しい。

そしてまた、童謡の原点を大人の詩にして歌うことを意識したのだろうか。この頃からハチローはその詩に〝おかあさん〟の世界を広げていった。その直接の動機は一九五八年（昭和三十三）から始まった『おかあさん』というテレビ番組のタイトル詩を書くことからだったが、この詩人の必然のライフワークのように〝おかあさん〟を書いた。それは幼い時腕白《わんぱく》の限りをつくし、勘当されること十七回、退校処分八回を繰り返したハチローの母への詫《わ》び状でもあるという。

ちいさい　ちいさい人でした
ほんとに　ちいさい母でした
それより　ちいさいボクでした
おっぱいのんでる　ボクでした……

（「ちいさい母のうた」）

一九七三年（昭和四十八）十一月十三日、たくさんのおかあさんの詩を残してサトウハチローは亡くなった。そして年月は流れ、詩人は忘れられても、残された詩に巡り会った人々は、その詩の中に自分の母親を見つけてそっと口ずさむに違いない。

（こわせ・たまみ／詩人・児童文学者）

エッセイ

あまりに個人的な私のサトウハチロー

なかにし礼

　私が初めてサトウハチローの詩に出会ったのは八歳になったばかりの頃だった。時は昭和二十一年の十一月、場所は玄界灘を渡る引き揚げ船の上。

　船の中には、二千人にものぼる人間がみなうつろな目をして所在なげにごろごろしていた。敗戦と満州滅亡のあと、祖国日本から棄《す》てられた状態で一年二か月の避難民生活を余儀なくされた彼らの目に生気はなかった。

　第一、この船が本当に日本へ向かっているのか、それさえもよく分からない。ままよ、なるようになるしかないさ。

夜になると、うつろな目をした男と女は身を寄せあい、唇を重ね、そして薄い毛布一枚の下で肌を合わせる。

栄光の夢を見て満州に渡り、成功をおさめたのも束《つか》の間《ま》、持てる財産のすべてを投げ捨てて、命からがら逃げ帰ってきた彼らの絶望は子供心にも分からないではなかったが、夜毎《よごと》、抱きあって押し殺したうめき声をあげる大人たちの姿は決して美しいものではなかった。

私の姉は十五歳で、思春期の真っ盛りであったからその潔癖性は私より激しく、

「私は大人になりたくない。私は死にたい」

髪をかきむしって言うのだった。

私としても、長い逃避行暮らしに疲れきっていたし、ハルビンで父を亡くした悲しみもあって、いつでも死ねる心構えはできていた。

「死のうか」

「うん。死のうよ」

私たち姉弟は手を取り合って階段を上り、船底から甲板に出た。

船は闇《やみ》の中を闇に向かって進んでいた。息もできないほどの風が吹く。日本が近付いているらしく、その風がやけに湿っぽかった。

姉と私はフェンスに手をかけ、顔にかかる飛沫《しぶき》に一瞬ひるんだものの、同時に飛び込

もうと互いの目を見合ったその時だった。私たちの背中は誰かの手によってガチッとつかまえられた。

振り向くと、若い船員がいた。

「君たちはなにをしようとしているのだ。死ぬなんてことを考えてはいけないよ。元気を出さなきゃダメじゃないか」

日本人の船員だった。

「ぼくの部屋へ遊びにこないか」

彼の部屋には彼が使うハンモックがうつろに揺れていた。

彼は私たちに紅茶をいれてくれた。笑うと白い歯がきらりと光る青年だった。

「君たちに聞かせてあげたいんだが……」

彼はラジオのスイッチを入れ、ダイヤルを右に左に回していた。短波放送が入るのだそうだ。しばらくして、ラジオから女の人の歌声が流れてきた。

赤いリンゴに　口びるよせて
だまって見ている　青い空
リンゴは何《な》んにも　いわないけれど
リンゴの気持ちは　よくわかる

「この歌はね、『リンゴの歌』っていうんだ。今、日本では敗戦の悲しみを忘れて、みんな頑張っているんだよ。この歌を歌いながら、焼け跡から立ち上がろうとしているんだよ。君たちも、死のうなんて考えずに、頑張らなくってはいけないよ」

そう言って船員は私たちに『リンゴの歌』を教えてくれた。私も歌った。

なんという明るい歌だろう。日本の人たちはもうこんなに明るい歌を歌って再出発しているのだろうか。私たちがまだ、こうして真っ暗な海の上にいるというのに。着の身着のまま、食うや食わず、命からがら逃げつづけた同胞がまだ母国の土を踏んでいないのに、どうしてこんなにも明るい歌が歌えるんだろう。なぜ、もう少し、私たちの帰りを待っていてくれないのだ。

おいてきぼりを食らったような、仲間はずれにされたような、存在を無視されたような悲しい思いが込み上げてきて、私は『リンゴの歌』を歌いながら泣いた。

それはひがみ根性だよと言う人がいるかもしれないが、私はそうは思わない。

私たちよりはるかに遅れて、中国残留孤児たちが、日本の親族と会うために、または日本人としてふたたび生きるために祖国日本へ帰ってきたが、その時、私たちは『リンゴの歌』を歌っていなかったか？　彼らを残酷に、無神経に迎えていなかったか？

いかにも幸福そうな日本人の姿を見て、彼らはなんと思っていることだろう。彼らにとってはまだ戦争そのものが終わっていないのだ。たぶん彼らは、私が引き揚げ船の上で流した涙の何百倍もの涙を流しているに違いない。私は、中国残留孤児のニュースを見るたび『リンゴの歌』と、それを初めて聞いた時の悲しみを思い出す。そしていても立ってもいられない気持になる。

私にとって、『リンゴの歌』とはそういう歌だ。とりもなおさずこれが私の初めてのサトウハチロー体験である。つまり私は祖国日本の土を踏む時、サトウハチローの歌で迎えられたのである。

日本に帰って最初に住んだところは小樽《おたる》。

兄の不始末でそこを追われて次に住んだところは青森。

母も兄も姉も東京への憧《あこが》れが強く、東京へ出ることだけがわが家全員の夢だった。私もその夢におかされていて、少年の頃、歌った歌は東京と名の付く歌ばかりだった。中でも『浅草の唄』と『夢淡き東京』は愛してやまない歌だった。

強いばかりが男じゃないと
いつか教えてくれた人
どこのどなたか知らないけれど

鳩と一緒に　唄ってた
ああ浅草の　その唄を

（浅草の唄）

柳青める日　つばめが銀座に飛ぶ日
誰を待つ心　可愛いガラス窓
かすむは春の青空か　あの屋根は
かがやく聖路加か
はるかに朝の虹も出た
誰を待つ心
淡き夢の街　東京

（夢淡き東京）

七年青森に住んで、私たちはやっと東京に出た。中学三年の冬だった。すでにサトウハチローの詩に親しんでいた私は早速、浅草に行き、『浅草の唄』の名残を追い求めたものだ。つまり私は、東京へ来た時も、サトウハチローの歌で迎えられたということになる。

それからほぼ十年の歳月が流れ、私はサトウハチローの後輩としての仕事をすることになるのだが、私のデビュー曲『知りたくないの』という歌の詩を最初に褒めてくれたのはサトウハチローだった。とあるラジオ番組を聞いていたら、突然、私の名前をあげて「とてもいい詩だ」と言ってくれた。私は天にも上る心地だった。昭和四十年のことだったと思う。つまり私は作詞家になるについても、サトウハチローに迎えられているのだ。

以来、公私にわたってお世話になり、私の結婚式にも主賓としておいでいただき、お言葉までいただいたが、『リンゴの歌』についての感想をのべる機会はついになかった。

今回は紙数が尽きた。作品について語るのは次回に譲ろうと思うが、一つだけ言っておきたい。サトウハチローは豪放磊落《らいらく》な風貌《ふうぼう》ゆえに、多少誤解されているところがあると思うからだ。

彼が愛したものは、淡い色、小さいもの、かすかな変化、音のしない音。

誰《たれ》にも知れないやうに
お風呂場の壁がぬれて行きます
（爪色の雨）

その詩の真髄を一言でいうなら、この『爪色の雨』という詩から拝借して『人知れず』ということになろうか。人知れずというヴェールを透かして見れば、浅草の不良少年だった彼の、若い頃の心の風景までが見えてくる。

（なかにし・れい／作家）

年譜

サトウハチロー略年譜

一九〇三（明治三十六）年●当歳

五月二十三日、佐藤治六、はるの長男として東京牛込薬王寺前に出生。本籍地文京区茗荷谷町五二。

一九〇五（明治三十八）年●二歳

弟節《たかし》出生。

一九〇九（明治四十二）年●六歳

妹まり子出生。

母（左端）や姉妹との記念写真。当時は絣の着物が主流だった。右隣りは姉の喜み子。

一九一一（明治四十四）年●八歳

妹弓子出生。

一九一三（大正二）年●十歳

弟弥《わたる》出生。

一九一五（大正四）年●十二歳

妹弓子死亡。

一九一六（大正五）年●十三歳

弟久出生。

一九一七（大正六）年●十四歳
姉喜み子死亡。
一九一九（大正八）年●十六歳
西條八十の門弟となる。福士幸次郎の紹介状を持ってきたハチローのことを西條八十は当日の日記に「サトウハチローなる大少年来る」と記している。
一九二一（大正十）年●十八歳
六月二十日、父洽六と母はる協議離婚届出。『金の船』三月号に童謡「笹舟」が掲載されている。署名は佐藤八郎。『童話』六月号に童謡「話し声」又読売新聞に「ぬれつばめ」「ひとやすみ」「夜まはり」、『まなびの友』十一月号に「お窓から」掲載される。
一九二三（大正十二）年●二十歳
三月二十日、間瀬くらと婚姻届出。
三月十五日、長女ユリヤ出生（ユリヤ出生により出生届と婚姻届を同時に提出）。
十一月二十五日、ハチロー妹愛子出生（異母妹）。
一九二四（大正十三）年●二十一歳
『コドモノクニ』六月号に「ちいさなちいさな水車」十二月号に「ドングリゴマ」、『金の船』十二月号に「イエス・キリスト」掲載される。
一九二五（大正十四）年●二十二歳
一月一日、次女鳩子出生。
『金の船』十月号に童謡の選者として佐藤八郎の名がある。
一九二六（大正十五）年●二十三歳
五月十五日、処女詩集『爪色の雨』出版（金星堂）。
『コドモノクニ』八月号に「トランプ」掲載

される。このうたについてハチローは次のように書いている。

――ボクが二十三か二十四の時に書いたウタです。当時菊田一夫君はボクと一緒にくらしていました。

菊田君はこのウタをとってもほめてくれました。

一九二七（昭和二）年●二十四歳

十二月十五日、抒情詩集『いとしき泣きぼくろ』出版（文洋堂）。

翻訳『世界名詩物語』出版（文洋堂）。

一月、素人社発行の『文芸入門十四講』の童謡講座執筆。

一九二九（昭和四）年●二十六歳

九月十四日、長男忠出生。

七月、カジノ・フォーリー発足（プペ・ダンサントの前身）。

一九三〇（昭和五）年●二十七歳

六月二十五日、随筆集『センチメンタルキッス』出版（成光館書店）。

『中央公論』七月号に「留置場の幽霊」掲載される。

十一月、玉木座でプペ・ダンサント発足。文芸部主任になる。

一九三一（昭和六）年●二十八歳

歌川るり子と一緒になったことを公表。新聞に二人の写真がのる。

十月二十五日、ユーモア小説集『男・女』出版。

『中央公論』十二月号に「浅草十二ヵ月」掲載される。

一九三二（昭和七）年●二十九歳

『中央公論』七月号に「現代馬鹿」八月号に「紙芝居と僕」掲載される。

一九三三（昭和八）年●三十歳
『中央公論』一月号に「遠目鏡病」八月号に「踊り子の見本」九月号に「二人のヒレー」十一月号に「結局負けた武勇伝」掲載される。藤田圭雄氏、中央公論に入社してハチローの係りとなる。

一九三四（昭和九）年●三十一歳
九月、上野桜木町の家にユリヤ、鳩子、忠を引きとる。
十月三日、間瀬くらと協議離婚。
ハチロー弟久、仙台にて死亡。
二月二日、ユーモア小説集『ユーモア艦隊』出版（大日本雄弁会講談社）。
『中央公論』三月号に「当代ナムバーワン物語」七月号に「タルカム・パウダーと氷」十月号に「吉原ユーモレスク」十二月号に「日米野球観戦記」掲載される。

一九三五（昭和十）年●三十二歳
四月『おさらい横町』十月、最初の童謡集『僕等の詩集』出版（大日本雄弁会講談社）。
『中央公論』一月号に「新春運命双六」三月号に「酒友列伝」七月号に「流線型女人風景」掲載される。

一九三六（昭和十一）年●三十三歳
八月『僕の東京地図』出版（有恒社）。
十二月『子守唄倶楽部』出版（大日本雄弁会講談社）。
『中央公論』一月号に「酒と取り組む」掲載される。

一九三七（昭和十二）年●三十四歳
五月一日、加藤芳江（歌川るり子）と婚姻届出。
八月二十六日、次男四郎出生。弥生町に引越す。

女優、歌川るり子と新婚当時

六月一日、ユーモア小説『青春五人男』出版（春陽堂）。

一九三八（昭和十三）年●三十五歳
『中央公論』五月号に「羽虫のゐる土俵」六月号に「野球狂のジンクス」九月号に「近頃の夜店案内」掲載される。

一九三九（昭和十四）年●三十六歳
五月十日、三男五郎出生。
十二月、ユーモア小説集『俺の故郷』『公園三人衆』出版（博文館）。
『中央公論』六月号に「三河島長屋日記」掲載される。

一九四〇（昭和十五）年●三十七歳
二月、ユーモア小説集『貧乏行進曲』出版（代々木書房）。

一九四二（昭和十七）年●三十九歳
四月、ユーモア小説『青春列車』（春陽堂）
六月、スポーツ小説『赤い顔黒い顔』（南方書院）七月、ユーモア小説集『若者行進曲』（春陽堂）十二月、小説『父の顔母の顔』（壮年社）出版。

一九四三（昭和十八）年●四十歳

九月、ユーモア小説集『俺の仲間』出版（大衆文芸社）。

一九四六（昭和二十一）年●四十三歳

九月、少女小説『三色菫組』（卍書林）十月、随筆集『見たり聞いたりためしたり』（ロマンス社）『僕の東京地図』（労働文化社）出版。

一九四七（昭和二十二）年●四十四歳

七月三十日、妻芳江死亡。
五月、童謡集『てんとむし』（川崎出版社）七月、少年小説『西遊記』（家の光協会）『べレーの合唱』（冬至書林）八月、少年小説『それから物語』（大日本雄弁会講談社）十一月、随筆集『昨日も今日も明日も』（草原書房）十二月、松坂直美と共に『流行歌謡の作り方』（全音楽譜出版社）出版。
十一月二十日、『爪色の雨』（文礼社）再版される。これには「爪色の雨」の最後の三篇と「虹を願ふ」全篇がはずされている。六月に伊藤翁介作曲で「爪色の雨」発表される。

一九四八（昭和二十三）年●四十五歳

十一月十一日、熱田房枝と婚姻届出。
三月、少年小説集『しくじり日記』（卍書林）四月、ユーモア小説『若い雨』（全音楽譜出版社）五月、ユーモア小説集『春を握る』（東京プレスサービス社）六月、少年小説『足なみ揃えて』（全音楽譜出版社）『あべこべ玉』（湘南書房）九月、少年小説『青空学校』（弘文社）ユーモア小説集『愉快な溜息』（玄理社）十月、少年小説『九人物語』（まひる書房）『子守唄クラブ』（大元社）『バットをにぎれば』（大日本雄弁会講談社）出版。

一九四九（昭和二十四）年●四十六歳

六月三日、父治六死亡。
二月、随筆集『野球談義』（新装社）四月、随筆集『青春野球帳』（石狩書房）五月、ユーモア小説集『青春相撲』（杉山書店）少女

小説『ポロンポロン物語』（実業之日本社）
十一月、少年小説『本塁打クラブ』（東光出版社）十二月、少女小説『トコちゃん物語』（光文社）出版。

一九五〇（昭和二十五）年●四十七歳
五月、少年小説『少年野球夜話』出版（東光出版社）。

一九五一（昭和二十六）年●四十八歳
一月、中田喜直作曲「かわいいかくれんぼ」NHKにて発表。
八月『少年詩集』出版（大日本雄弁会講談社）。
十一月四日、NHKで書き下ろし連続放送劇「ジロリンタン物語」はじまる。

一九五二（昭和二十七）年●四十九歳
八月『青春風物詩――ハチロー半世紀』（東成社）九月、少年小説『ジロリンタン』（啓明社）出版。
十月二十六日、NHK「ジロリンタン物語」放送終了。

一九五三（昭和二十八）年●五十歳
九月、童謡集『叱られ坊主』出版（全音楽譜出版社）。

一九五四（昭和二十九）年●五十一歳
童謡集『叱られ坊主』文部大臣賞文学選奨受賞。
三月、現代ユーモア文学全集『サトウハチロー集』（駿河台書房）八月、童謡集『木のぼり小僧』（全音楽譜出版社）九月『童謡のつくり方』（宝文館）詩集『好きな人のうた』（オリオン社）出版。

一九五五（昭和三十）年●五十二歳
十一月三日、NHK秋の祭典のための委嘱作品として「ちいさい秋みつけた」作曲される

（中田喜直）。
二月、ユーモア小説集『青春街道』（東方社）
七月、少年小説『ぼくは中学一年生』『とんとんクラブ』九月、少年小説『チャア公¼代記』『旗のない丘』（いずれも宝文館）ユーモア小説『青春音頭』（東方社）十二月、少年小説『踊るドンモ』（朝日新聞社）出版。

一九五六（昭和三十一）年●五十三歳
詩集『友だちの歌』出版（宝文館）。

一九五七（昭和三十二）年●五十四歳
藤田圭雄、野上彰と共に詩の月刊誌『木曜手帳』創刊。広く詩の弟子を育て始める（木曜会）。

一九五九（昭和三十四）年●五十六歳
「フルート」（楽器を唄う）により日本レコード大賞個人賞受賞。

一九六〇（昭和三十五）年●五十七歳
童謡集『スカンク・カンク・プー』出版（全音楽譜出版社）。

一九六一（昭和三十六）年●五十八歳
詩集『おかあさん』出版（オリオン社）。

一九六二（昭和三十七）年●五十九歳
詩集『おかあさんII』出版（オリオン社）。
「ちいさい秋みつけた」により日本レコード大賞童謡賞受賞。

一九六三（昭和三十八）年●六十歳
ホームソングと童謡に貢献したことによりNHK放送文化賞受賞。
詩集『おかあさんIII』出版（オリオン社）。
サトウハチローと木曜会による童謡集『タムタムナムナム』出版（野ばら社）。

一九六五（昭和四十）年●六十二歳
九月、サトウハチローと木曜会によるホームソング集『空気がうまい』出版（音楽之友社）。
サトウハチローとダークダックスによる合唱曲集『四羽のあひる』出版（全音楽譜出版社）。
一九六六（昭和四十一）年●六十三歳
四月『花の詩集』出版（野ばら社）。
五月『生活の唄』出版（朝日新聞社）。
紫綬褒章受章。
一九六七（昭和四十二）年●六十四歳
四月、抒情詩集『美しきためいき』出版（山梨シルクセンター）。
詩集『あすは君たちのもの』出版（NHK出版センター）。
一九六八（昭和四十三）年●六十五歳
二月、抒情詩集『愛を唄う』（山梨シルクセンター）三月、詩集『ちいさい秋みつけた』（みゆき書房）十月、詩集『好きな人のうた』（NHK出版センター）サトウハチロー編『日本童謡集』（社会思想社・現代教養文庫）出版。
「さわると秋がさびしがる」により日本作詩家協会童謡賞受賞。
一九六九（昭和四十四）年●六十六歳

昭和40年代。最愛の弟子菊田一夫（左）と一緒に。

七月、詩集『もずが枯木で』十二月、詩集『たっけだっけの歌』（いずれもみゆき書房）『あすは君たちのもの第3集』（NHK出版センター）出版。

一九七〇（昭和四十五）年●六十七歳

十二月、抒情詩集『まっすぐに愛して』出版（サンリオ山梨シルクセンター出版部）。「いつでもどきどきしてるんだ」により日本作詩家協会童謡賞受賞。

一九七一（昭和四十六）年●六十八歳

日本音楽著作権協会会長就任。

六月、抒情詩集『悲しくもやさしく』（サンリオ山梨シルクセンター出版部）『おかあさんその後の花束』随筆集『落第坊主』（いずれもR出版）出版。

「たっけだっけの歌」により、日本作詩家協会童謡賞受賞。

一九七二（昭和四十七）年●六十九歳

十二月、抒情詩集『心のうた』出版（サンリオ）。

レコード『ありがとう』により日本作詩家協会LP賞受賞。

少年小説『ジロリンタン物語』（R出版）『トコちゃんモコちゃん』（講談社）再び出版される。

一九七三（昭和四十八）年●七十歳

「やわらかいえんぴつが好きなんだ」により日本童謡協会童謡賞受賞。

サトウハチローと木曜会、レコード『末っ子一年生』により日本作詩大賞特別賞受賞。

十一月三日、勲三等瑞宝章受章。

十一月十三日午後三時三十分永眠。

同日正五位に叙せられる。

（年譜作成・写真提供　サトウハチロー記念館）

サトウハチロー　主要参考文献

『小唄と繪』（内外社・一九三一年）
『サトウ　ハチロー詩集　ちいさい秋みつけた』（みゆき書房・一九六八年）
『サトウ　ハチロー詩集　たっけだっけのうた』（みゆき書房・一九六九年）
『悲しくもやさしく』（サンリオ山梨シルクセンター出版部・一九七一年）
『詩集　おかあさん　その後の花束』（R出版・一九七一年）
『心のうた』（株式会社サンリオ出版・一九七二年）
『心のうた　サトウハチロー抒情詩集』（サンリオ出版・一九七四年）
『詩集　おかあさん　I』（講談社・一九七七年）
『日本の詩　第28巻　童謡・唱歌集』（集英社・一九七九年）
『心のうた』（サンリオ・一九八九年）
『日本のうた300、やすらぎの世界』（講談社・一九九七年）
米良美一＝編『日本のうた300、やすらぎの世界』（講談社・一九九七年）
『詩集　おかあさん　1』（日本図書センター・一九九八年）
『詩集　おかあさん　2』（日本図書センター・一九九八年）
『詩集　おかあさん　3』（日本図書センター・一九九八年）
『詩集　ありがとう』（日本図書センター・二〇〇一年）
『詩集　おかあさん〈セレクト版〉』（日本図書センター・二〇〇二年）

本書は、文庫オリジナル版です。

Haruki Bunko
ハルキ文庫

さ 14-1

サトウハチロー詩《し》集《しゅう》

著者　サトウハチロー

2004年11月18日第一刷発行
2017年 3 月28日第四刷発行

発行者　角川春樹

発行所　株式会社角川春樹事務所
〒102-0074 東京都千代田区九段南2-1-30 イタリア文化会館

電話　03(3263)5247(編集)
03(3263)5881(営業)

印刷・製本　中央精版印刷株式会社

フォーマット・デザイン　芦澤泰偉
表紙イラストレーション　門坂 流

ISBN4-7584-3142-6 C0195
http://www.kadokawaharuki.co.jp/[営業]
fanmail@kadokawaharuki.co.jp[編集]　ご意見・ご感想をお寄せください。